Manu Wirtz (Hrsg.)

Die Löffel-Liste

ÜBER DAS BUCH

Jeder von uns trägt tief in sich eine Vielzahl an Träumen und Wünschen, die wir im Leben hatten und die (vielleicht noch) nicht in Erfüllung gegangen sind. Den Begriff „Löffel-Liste" hatte ich zum ersten Mal im Fernsehen in dem Film „Das Beste kommt zum Schluss" mit Jack Nicholson und Morgan Freeman gehört. Sie bezeichnet eine Liste von Dingen, die jeder vor dem Ende seines Lebens noch tun sollte, also bevor man „den Löffel abgibt".

13 Autorinnen und Autoren haben sich der Aufgabe gestellt, in einer Kurzgeschichte ihren Traum Realität werden zu lassen. Darunter sind Wünsche nach Freiheit, Veränderung, Erfüllung, Liebe, Gerechtigkeit und Abenteuer. Lassen Sie sich einfangen von den wirklichkeitsnahen Emotionen, Handlungen, Beschreibungen und Dialogen. Erleben Sie die detailreichen Sinneswahrnehmungen und Gefühle wie Freude, Angst, Aufregung, Spannung, Liebe u.v.m., welche die Autorinnen und Autoren in ihren Kurzgeschichten schildern.

Ob es dabei tatsächlich um persönliche Lebensträume oder um Fantasie, wird nicht immer verraten.

Ich wünsche Ihnen viel Spaß beim Lesen
Ihre Manu Wirtz

Die Löffel-Liste
13 bunte Lebensträume

Die Deutsche Nationalbibliothek verzeichnet diese Publikation in der Deutschen Nationalbibliothek; detaillierte bibliographische Daten sind im Internet über http://dnb.d-nb.de abrufbar.

Umwelthinweis:
Dieses Buch wurde auf chlorfrei
gebleichtem Papier gedruckt.

© 2014 by Manu Wirtz
Herstellung und Verlag:
BoD – Books on Demand, Norderstedt
1. Auflage
Layout und Cover: Manuela Wirtz, www.manuwirtz.de
Illustrationen: Gabriele Merl, Hamburg, www.merlimerl.com
Printed in Germany
ISBN 9783735756619

„ *Die alten Träume waren gute Träume;*
sie haben sich nicht erfüllt,
aber ich bin froh, sie gehabt zu haben."

aus „Die Brücken am Fluss"
von Robert James Waller*

* © der deutschsprachigen Ausgabe 1993 by Wilhelm Goldmann Verlag, München

Inhaltsverzeichnis

Delfine bringen Glück	9
Ein neuer Tag	21
Fortmachen	31
Meerwert	41
+ Meerzeit	52
Alte Sünden	56
Reisen, der ewige Wunsch zu schweben	66
Sturmtänzer	75
Mars	86
Die Straße der Tränen	98
I want to be a part of it	109
Löffel in gute Hände abzugeben	117
Eine Reise an das Ende der Welt	126
Die Tour	130
Autorenvitae	141

Delfine bringen Glück

Ursula Dittmer

»Was ich gerne noch tun würde, bevor ich den Löffel abgebe? Was ist das für eine seltsame Frage, Dennis?« Barbara nahm das belegte Brötchen vom Teller und stemmte ihre Füße gegen die Balkonbrüstung. »Ich bin mit meinem Leben zufrieden. Ich weine keinen verpassten Gelegenheiten hinterher und ich träume nicht von Dingen, die ich nicht haben kann. Ich bin da sehr bodenständig.« Das Brötchen war kross, die Krümel bröselten in ihren Ausschnitt, als sie herzhaft hineinbiss.

Gerasimos faltete die Zeitung zusammen und legte sie auf den Stuhl neben sich. »Diese Frage hat ein Autor im Feuilleton aufgeworfen: Was willst du noch tun, bevor du den Löffel abgibst? Er hat unterschiedliche Leute dazu befragt. Interessante Antworten!«

»Ich habe nicht vor, demnächst den Löffel abzugeben«, meinte Barbara. Sie steckte sich den letzten Bissen in den Mund und stand dann auf, um die Brösel abzuschütteln.

»Gibt es etwas, wovon du immer geträumt hast, was du aber nie tun konntest, weil du nicht die Zeit oder das Geld dafür hattest?«, hakte er nach.

Barbara lehnte sich an die Brüstung und sah hinaus aufs Meer. Der Wind trieb die Schaumkronen der Wellen in Richtung Strand. »Ich würde gerne einmal in so einen Wassertank steigen. Du liegst darin in konzentriertem, warmem Salzwasser. Der Tank ist gegen Licht und Geräusche abgeschottet. Du schwebst auf dem hautwarmen Wasser, hörst und siehst nichts, rein gar nichts. Das soll eine unglaublich intensive Erfahrung sein. Hm. Vielleicht würde ich auch Panik bekommen.«

Gerasimos trank einen Schluck Milchkaffee, drehte dann den Stuhl um, damit er die Beine auf die Balkonbrüstung legen konnte. Er lächelte sie an. »Es geht bei dem Bericht um

Lebensziele. Der Journalist hat Südländer und Nordländer befragt. Er bestätigt, was wir alle wissen: Wir im Süden sind freier im Denken als ihr Nordländer, selbst in Krisenzeiten wie jetzt. In Deutschland regnet es oft und die kalte Jahreszeit dauert ein Dreivierteljahr. Da fallen einem keine anderen Wünsche ein als arbeiten und Geld verdienen. Das Überleben gestaltet sich einfacher, wenn es warm ist. Stell dir vor, wir beide würden hierher nach Griechenland ziehen. Ich bin mir sicher, du hättest plötzlich neue Erwartungen ans Leben.« Er streckte den Arm aus und strich ihr zärtlich eine Haarsträhne hinters Ohr.

»Mag sein«, erwiderte sie. »Aber ...«

»Nicht wieder vernünftig sein, agapi mou[1]! Sag: Was wäre dein Traum?«

Sie sah ihn an und nahm seine Hand. »Mein Traum sitzt neben mir!«

»Hm«, knurrte er. »Wenn du schon von einem Griechen träumst, warum dann nicht vom schönen Georgios aus der Fischtaverne im Hafen?«

Sie beugte sich zu ihm hinunter und küsste ihn lange. »Ich liebe dich, mein schöner Grieche!«

»Ich liebe dich auch«, antwortete er.

Sie hingen eine Zeit lang ihren Gedanken nach.

»Ich habe mir etwas überlegt«, sagte er plötzlich ernst. »Mein eigener Lebenstraum wäre, wieder in meinem Dorf zu leben. Hier auf Kefalonia möchte ich mit dir alt werden. Hier möchte ich sterben.«

Barbara biss sich auf die Lippen.

»Schau doch nicht so. Im Grunde weißt du es. Ich bin nur dir zuliebe nach Deutschland gezogen. In meinen Adern fließt Meerwasser statt Blut.«

Barbara drehte sich weg. Das war das Gespräch, vor dem sie sich immer gefürchtet hatte.

Sie hatte Dennis – das war sein Spitzname – in einem Urlaub auf Kefalonia kennengelernt. Aus der leidenschaftlichen

---

1 Agapi mou - meine Liebe

Urlaubsliebe war bald mehr geworden. Er sprach fließend deutsch, da er einige Jahre in Berlin gelebt und dort auch studiert hatte. Anfangs hatten sie täglich stundenlang telefoniert, und sie hatte sich immer wieder ein paar zusätzliche Urlaubstage gegönnt, die sie bei ihm auf der Insel verbrachte. Dann hatte er beschlossen, zu ihr zu ziehen. »Für die Kosten der Telefonrechnung kann ich auch einen Mietanteil bezahlen«, meinte er, als er eines Tages mit kleinem Gepäck vor ihrer Tür stand. Sein Hausstand hatte in eine Reisetasche gepasst.

Da er ein deutsches Ingenieursdiplom vorweisen konnte, hatte er schnell eine gute Arbeitsstelle gefunden. Der Fachkräftemangel war ihm dabei zugute gekommen. Auch Freunde hatte er bald gefunden. So, wie ihm alles im Leben leicht zu gelingen schien.

Sie war schwerfälliger. Sie liebte klare Verhältnisse und eine stabile Basis. Veränderungen mussten in ihrem Tempo geschehen, sonst verweigerte sie sich. Selbst der Einzug des Geliebten war nicht spannungsfrei verlaufen. Es war ihr schwer gefallen, ihre Routinen zu ändern, ihm zu gestatten, den gemeinsamen Alltag mitzugestalten. Das hätte zum Problem werden können, wäre Dennis nicht Dennis gewesen: Er hatte es mit Humor genommen und alle Krisen mit Sensibilität und Anpassungsfähigkeit bewältigt.

Im Herzen zu wissen, was sich der Partner wünscht und es aus seinem Mund zu hören, waren zweierlei Dinge. Barbara war kurz vor einer Panik. Sie versuchte, sich zusammenzureißen, denn sie hatte ihm gegenüber ein schlechtes Gewissen. Bislang basierte ihre Liebesbeziehung auf Dennis' bedingungsloser Hingabe. Musste sie jetzt beweisen, dass sie nicht nur nehmen, sondern auch geben konnte? Griechenland war ein wunderbares Land. Doch für immer dort zu leben, konnte sie sich nicht vorstellen.

Fröstelnd zog Barbara die Schultern hoch. Jetzt im April war es manchmal noch regnerisch und kühl. Sie schielte zu Gerasimos hinüber, der fasziniert das heute so wilde Mittelmeer beobachtete. Er hatte seine Meinung gesagt, nun würde er warten, was sie daraus machte. Er würde es aussitzen. Er kannte sie gut genug, um zu wissen, dass er nichts erreichte, wenn er sie bedrängte.

Als wüsste er, was sie dachte, begann er zu grinsen. Dann nahm er plötzlich die Beine von der Brüstung und sprang auf.

»Nein, ich habe mich nicht getäuscht! Barbara! Dort draußen sind Delfine!«

Sie fuhr hoch und trat neben ihn. »Wo?«

Er legte den Arm um ihre Schultern, zog sie an sich und deutete hinaus aufs Meer. »Da!«, rief er aufgeregt. »Siehst du sie? Pass auf, ich denke, sie kommen gleich noch einmal hoch ... dort drüben.«

Als Barbara die Delfinschule entdeckte, schossen ihr die Tränen in die Augen. Nie zuvor hatte sie frei lebende Delfine gesehen. Es waren mindestens zehn Tiere. Sie schnellten aus dem Wasser, um kurz darauf erneut einzutauchen. Die Schule blieb bis zum Nachmittag in der Bucht. Immer wieder zeigten sie sich und jedes Mal freute sich Barbara, wenn sie hinaus aufs Meer sah. Einmal gelang es ihr sogar, sie mit dem Fernglas ganz nahe zu sehen.

»Delfine bringen Glück«, meinte Dennis, als sie am Abend bei Georgios am Hafen saßen. Er hatte feuchte Augen, als er das sagte.

»Ich weiß«, antwortete sie ernst. »Ich werde darüber nachdenken.«

Es war eine dieser Nächte, die so romantisch waren, dass es ihr den Hals eng werden ließ. Die Zikaden zirpten, das Meer schwappte an die Kaimauer. Die Musik aus den Lautsprechern klang dezent im Hintergrund. Dennis und sie feierten Abschied. Der Wirt hatte ein griechisches Menü für sie zubereitet, mit Gerichten, die er niemals auf die Speisekarte setzen würde. »Weil die Touristen den ‚Fiss' gegrillt und die Calamari paniert haben wollen, und dazu Knoblauchkartoffeln.« Georgios schüttelte sich. Er freute sich, als sie sein gutes Essen lobten.

»Schade, dass es hier so hell ist. Jetzt würde ich gerne die

Sterne sehen.« Barbara hob das Glas und prostete dem vollen Mond zu, der soeben über die Hügel emporgestiegen kam. Sie dachte sich nichts dabei, als Dennis mit Georgios ein paar schnelle griechische Sätze wechselte und dieser schmunzelnd davonging.

Kurz darauf ging das Licht aus. Einige Gäste wurden unruhig, eine Frau schrie sogar auf. Dennis lachte, küsste Barbara und flüsterte ihr ins Ohr: »Ich habe zu ihm gesagt, dass mein Mädchen die Sterne sehen will.«

»Ihr seid verrückt!«, rief sie aus. Dann kuschelte sie sich an seine Schulter und bewunderte den Nachthimmel. »Es ist so schön!«, wisperte sie. »Was für ein glücklicher Moment. In Deutschland kann man nie so viele Sterne sehen. Immer und überall brennt Licht.«

»Dennis, es geht nicht«, sagte sie zu ihm, als sie im Flugzeug saßen. »Wir können nicht alles aufgeben und nach Griechenland ziehen. In einigen Jahren vielleicht, wenn ich in Rente bin. Wovon sollen wir leben, wenn wir jetzt umsiedeln? Ich werde in meinem Alter keine Arbeit mehr bekommen und du auch nicht – du kennst die Arbeitslosenquote in deinem Land besser als ich. Glaub mir: Ich habe die ganze Nacht kein Auge zugetan, habe hin- und herüberlegt ...«

»Das Leben ist billig auf Kefalonia. Wir könnten bei meinem Bruder wohnen oder das Haus meiner Großmutter für uns herrichten. Ihr Garten hat dir doch immer so gut gefallen.«

Sie zog die Stirn kraus. »Dort gibt es nicht einmal Strom und Wasser!«

»Ich sage ja, wir müssten es herrichten. Wenn du wirklich mit mir in meinem Dorf leben willst, dann finde ich einen Weg, dir alle Wünsche zu erfüllen.«

Sie seufzte. »Dennis, das ist lieb gemeint, aber es hängt ein Rattenschwanz von Konsequenzen daran. Ich will nicht auswandern. Vor allem nicht im Alter. Ich habe Horrorvisionen, wenn ich mir vorstelle, in deinem Dorf einen Herzinfarkt zu erleiden. Oder du ... auch dir könnte etwas passieren. Ich möchte im Alter an einem Ort leben, an dem ich mich sicher fühlen kann. Außerdem ... ich kann doch nicht mein ganzes Leben hinter mich werfen und mich in ein Abenteuer stürzen, aus dem ich nie wieder herauskomme?«

Da sagte er unvermittelt: »Willst du mich heiraten, agapi mou?«

»Och Dennis, nein, das ist ...« Sie wurde laut. »Nein, ich will dich nicht heiraten! Was soll das denn jetzt? Du nimmst meine Ängste nicht ernst! Du denkst, nach einer Heirat wäre ich sicher?« Sie lachte auf. »Ich brauche keinen Ritter auf dem weißen Pferd, der mich beschützt.«

Barbara sah aus dem Fenster. Tief unter ihr grüßte das tiefblaue Meer. Es war immer noch stürmisch. Man sah auch in dieser Höhe noch die Schaumkronen auf den Wellenkämmen. Die Maschine hatte anfangs stark gerüttelt und war in ein Luftloch gesackt, was ihrem Magen gar nicht gefallen hatte. Dann hatte der Pilot den Flieger nach oben gezogen und nun war es ruhig.

Es tat ihr leid, dass sie Dennis so angeraunzt hatte. Doch es fiel ihr schwer, sich zu entschuldigen. Warum wollte er sie heiraten? Heiraten war etwas für Spießer. Sie wusste, dass sie mit ihm alt werden wollte. Sie liebte ihn so sehr, dass es manchmal wehtat. Aber heiraten? Ihre Liebe brauchte keinen Trauschein.

Sie sprachen wenig bis zum Landeanflug auf Frankfurt. Während Dennis nach dem Essen einschlief, sah sie aus dem Fenster und beobachtete die Wolkenformationen. Ihre Gedanken drehten sich im Kreis. Am Ende war sie erschöpft, doch gleichzeitig seltsam überdreht. Erst als die „Fasten Seat Belts"-Anzeige aufleuchtete, kam sie zur Ruhe.

Dennis schlief immer noch. Sie überprüfte, ob er den Sicherheitsgurt angelegt hatte. Dann schnallte sie sich selbst an und sah wieder aus dem Fenster. Sie überflogen den Spessart und sie überlegte, wann sie das letzte Mal im Mühlental zum Wandern war. An einem sommerheißen Tag durch die schattigen Wälder und über blumenübersäte Wiesen streifen, Hunger und Durst in einer der Mühlen stillen …

Sie seufzte unwillkürlich. Waren diese Empfindungen mit jenen zu vergleichen, die sie beim Anblick der Delfine verspürt hatte? Nein, sicher nicht. Mal ganz davon abgesehen, dass sie seit Jahren nicht mehr gewandert war. Sie überlegte, was ihr ebenfalls nahe ging: am Fenster in der warmen Wohnung stehen und hinaussehen in den tief verschneiten Garten! Nein, auch diese Stimmung kam nicht gegen Delfine, Meerluft und den weiten Himmel in Griechenland an. Denn selbst wenn sie diesen Winterzauber für einige Momente genießen konnte, so dachte sie doch wenig später daran, ob die Straßen am Morgen glatt sein würden, wenn sie zur Arbeit fuhr. Und ob der Winterdienst zuverlässig den Schnee auf dem Gehsteig vor ihrem Grundstück räumte.

Der Pilot brachte die Maschine sanft herunter und die Passagiere applaudierten. Barbara beugte sich zu Dennis und weckte ihn mit einem Kuss. »Der Boden hat uns wieder.«

‚Lösungen statt Lamento', dachte sie plötzlich, als sie am Förderband auf ihr Gepäck warteten. Es gibt immer mehr als einen gangbaren Weg. Ich muss ihn nur finden.

Das nächste halbe Jahr tat alles, um in einem möglichst schlechten Licht zu erscheinen. Eine nahe Freundin starb, die Umsätze in ihrem kleinen Laden sanken, der Verkehrslärm um ihr Grundstück herum erschien ihr lauter denn je. Der Sommer war verregnet, sodass nicht einmal ihr Garten seine beste Seite zeigen konnte. Statt Frühstück unterm Apfelbaum und abendliches Grillen bescherte er ihnen nur viel Arbeit. Ständig musste der Rasen gemäht werden, in einigen Beeten breitete sich Mehltau aus und das Unkraut wucherte, während die Kübelpflanzen ertranken.

Dennis versank in eine seltsame Lethargie, die sie nie zuvor an ihm erlebt hatte. Er nahm rapide ab, war blass und oft schweigsam. Sie dachte, dass ihm sein Heimweh zu schaffen machte, aber sie scheute sich, das Thema anzuschneiden. Zu sehr fürchtete sie sich davor, dass ihr eine Lebensentscheidung abverlangt würde.

Kurz vor dem geplanten Griechenlandurlaub im Herbst bat er sie erneut, ihn zu heiraten. Diesmal bei einem Festessen mit Rosen und Champagner. Sie nahm seinen Antrag an. Ihre Liebe brauchte zwar keinen Trauschein, doch wenn sie ihm schon nicht seinen Lebenstraum erfüllte, so wollte sie ihm zumindest in diesem Punkt entgegenkommen. Ihr selbst bedeutete die Hochzeit nichts.

An diesem Abend legte sie ihm eine Pro-und-Contra-Liste vor, die sie in den letzten Monaten immer wieder ergänzt hatte. Jetzt, da sie ihn die Liste lesen sah, schämte sie sich plötzlich. Die Contra-Spalte zog sich über zwei Seiten hin. In der Pro-Spalte standen nur wenige Punkte: Sonne, Meer, Delfine, Dennis' Glück und: kein Lärm.

»Ich hatte es mir schlimmer vorgestellt«, meinte Dennis. Lächelnd bat er sie um einen Stift. »Die Pro-Seite ist nämlich länger als die Contra-Seite.«

Sie sah ihn fragend an.

Er strich energisch alle negativen Argumente durch und fügte eine dritte Spalte hinzu. In diese schrieb er: Angst, Sicherheit, Gesundheit im Alter. »Ich hatte befürchtet, dass da stehen würde: Sprachprobleme, Sich-fremd-fühlen, Wirtschaftskrise. Das wären Gründe gewesen, die ich hätte akzeptieren können. Aber das ...«, er deutete mit dem Stift auf die mittlere Spalte, »sind keine wirklichen Hinderungsgründe. Barbara, du bist noch nicht einmal sechzig Jahre. Wer weiß, ob du überhaupt so alt wirst, um eine Pflege zu brauchen? Du könntest morgen hier vor dem Haus beim Versuch, die Straße zu überqueren, von einem Auto überfahren werden. Außerdem bin ich sicher, dass du bei meiner Fürsorge, der Ruhe und der Mittelmeerkost gesund bleibst und steinalt wirst.«

Er fasste nach ihrer Hand und drückte sie. »Ein weiterer Punkt: materielle Sicherheit. Du bist doch kein Luxusweibchen, das jeden Monat Klamotten kauft oder alle paar Jahre neue Möbel braucht. Hey ... warum weinst du jetzt? Komm mal her.« Er zog sie auf seinen Schoß und küsste ihr die Tränen weg. »Bist du nicht im Grunde schon längst überzeugt?«

Sie schluchzte auf und umarmte ihn.

»Die einzig wahre Sicherheit liegt hier.« Er legte seine Hand auf ihr Herz. »Und hier.« Er stupste mit dem Finger an ihre Stirn. »Und das beste Mittel, ein Leben zu ertragen, das nicht perfekt ist, das ist die Liebe. Weil das so ist, halte ich es bei dir im kalten Deutschland aus.«

Endlich war der Damm gebrochen! Sie unterhielten sich bis spät in die Nacht und versuchten, all die Ideen einzufangen, die sie umschwirrten wie Schmetterlinge. Dennis Augen blitzten vor Unternehmungslust.

Der Herbsturlaub war aufregend anders. Das Haus der Großmutter wurde gründlich geprüft. Die Bausubstanz war gut, dicke Bruchsteinmauern gegen die sommerliche Hitze und - bei vernünftiger Heizung - auch gegen die feuchtkalten Winter. Die geräumige Küche lud zu Kochorgien mit Freunden ein. Barbara wünschte sich größere Fenster und vor der Küche eine Terrasse mit einer seitlichen Mauer gegen den allgegenwärtigen Wind. Von hier aus hatte man einen fantastischen Blick auf die Bucht und die dahinterliegenden Berge. Und dann der Garten! Was darin alles grünte und blühte, obwohl er seit Großmutters Tod nicht mehr gepflegt wurde.

Dennis Bruder Iannis schlug vor, den ehemaligen Stall zu einer separaten Wohnung auszubauen. Hier konnte ihre Schwester Teresa mit Familie wohnen, wenn sie aus Athen zu Besuch kam oder Freunde aus Deutschland.

»Im Sommer könnt ihr an Touristen vermieten; etwas zusätzliches Geld kann man immer gebrauchen.«

Dennis blühte auf. Am Liebsten hätte er sich um alles selbst gekümmert.

Aber Iannis lehnte ab: »Lass mich nur machen! Ich baue euch ein schönes Nest, das wird mein Hochzeitsgeschenk für euch.«

»Vor uns liegt das pralle Leben, agapi mou, das spürst du

doch auch, nicht wahr?«, strahlte Dennis, als sie am Ende des Urlaubs auf der Fähre standen und Kefalonia hinter ihnen immer kleiner wurde. »Im nächsten Frühjahr beginnt der wundervolle Rest unseres Lebens.«

Von Dennis Krebserkrankung erfuhr sie durch Zufall. Die Klinik rief an, weil der Termin für eine Chemotherapie verschoben werden musste. Er solle sich umgehend mit seinem Hausarzt in Verbindung setzen. Für Barbara brach eine Welt zusammen. Er war sterbenskrank? Das konnte einfach nicht sein! Warum hatte er seine Krankheit vor ihr verheimlicht? Sie machte sich Vorwürfe, weil sie die Zeichen falsch gedeutet hatte. Nicht Heimweh hatte ihn belastet, sondern Krankheit, vielleicht Schmerzen und ganz sicher die Nachwirkungen der Chemo. Er wollte nach Kefalonia zurück, um dort zu sterben. Er wollte heiraten, um sie abzusichern.

Sie rief ihren gemeinsamen Hausarzt an, mit dem sie seit der Studienzeit gut befreundet war. »Komm vorbei«, meinte dieser. »Am besten gleich, wenn du das möglich machen kannst.«

Als sie weinend an seinem Schreibtisch saß, nahm er sie in den Arm. »Ich durfte dir nichts sagen. Er reagierte regelrecht mit Panik, als ich ihn darauf hinwies, dass das dir gegenüber nicht fair ist. Er war der Meinung, du würdest die Wahrheit nicht verkraften.«

»Seit wann weißt du es denn?«

»Ich dürfte dir das eigentlich nicht ...«

»Komm mir jetzt bitte nicht mit ärztlicher Schweigepflicht, Hans! Du musst mir alles sagen! Bitte! Ich drehe sonst durch!«

Der Arzt dachte kurz nach, dann rang er sich eine Entscheidung ab. »Im März kam er wegen einiger Beschwerden zu mir und ich habe ihn sofort an einen Facharzt überwiesen.«

»Im März schon?«

»Ja, vor eurem Osterurlaub. So, nun hör' auf zu weinen! Ich habe nämlich Neuigkeiten. Der Krebs wurde früh erkannt und konnte erfolgreich therapiert werden. Die Kollegen und ich sind davon überzeugt, dass er geheilt werden kann. Die letzten Untersuchungen waren sehr ermutigend, der entsprechende Arztbrief war vorhin in der Post. Wahrscheinlich hat der Kollege Dennis auf dem Handy nicht erreicht, deshalb hat er bei euch zu Hause angerufen, um ihm die guten Nachrichten sofort mitzuteilen. Dein Dennis hat einen ungeheuren Lebenswillen. Er glaubte die ganze Zeit über, dass er die Krankheit besiegen wird. Griechenland wird ihm guttun. Ich bin mir sicher, dass er dort vollständig genesen wird. Ihr solltet allerdings regelmäßig nach Deutschland kommen, um sicherzustellen, dass das auch so bleibt.«

»Ist das wirklich wahr?« Barbara sprang auf und fiel ihm um den Hals. »Oh, Hans, dieser Vormittag war der schlimmste in meinem Leben. Und jetzt bin ich so glücklich!« Sie putzte sich die Nase und tupfte die Tränen ab. Wie ein Déjà-vu roch sie plötzlich Meeresluft und sah vor ihrem inneren Auge, wie die Delfinschule aus dem Wasser der Bucht schnellte. »Ich verstehe nur nicht, warum er mir seine Krankheit verschwiegen hat. Hat er so wenig Vertrauen zu mir?«

»Das hat nichts mit mangelndem Vertrauen zu tun. Er wollte dich zum einen nicht belasten. Zum anderen fürchtete er deine überbordende Sorge. Du hättest …«

»Ja, vielleicht hätte ich versucht, ihn zu erdrücken. Aber ich mache mir Vorwürfe! Ich habe im letzten halben Jahr nur an mich gedacht. Die Angst vor dem Auswandern war so groß … Ich zog die falschen Schlüsse, als er immer weiter abnahm. Und diese Lethargie! – Ich hätte die Zeichen deuten können, wenn ich mehr auf ihn geachtet hätte!«

»Ich glaube, er war froh, dass du abgelenkt warst. Sonst wäre es ihm schwergefallen, sein Geheimnis zu hüten. Was willst du nun tun?«

Barbara sah ihren Arzt lange an.

Schließlich zuckte sie mit den Schultern und sagte: »Ich werde schweigen. Vielleicht vertraut er mir sein Geheimnis an, wenn er vollständig geheilt ist. Ich werde mich zusammenreißen, auch wenn mir das schwerfallen wird. Ich werde die Auswanderung vorantreiben, aber ... ich werde mein Haus nicht verkaufen, sondern vermieten und im oberen Stock einen Bereich behalten. Denn man weiß nie ... Es gibt immer mehr als eine Lösung für ein Problem, nicht wahr?«

Als sie wieder zu Hause war, durchsuchte sie die Schmuckschatulle, die sie von ihrer Mutter geerbt hatte.
Da war es!
Nur das Silber war schwarz angelaufen. Sie nahm es mit hinaus in den Garten, setzte sich unter den alten Apfelbaum und polierte das Schmuckstück mit einem Baumwolltuch, bis es glänzte.
»Unsere Liebe allein wird nicht reichen«, meinte sie am Abend. Sie legte ihm den Anhänger mit den springenden Delfinen um den Hals. »Ich glaube, wir brauchen auch ein kleines Quäntchen Glück!«

Ein neuer Tag

Sinje Blumenstein

März 2004.

Las Vegas ist ein Albtraum. Und ich bin arbeitslos.
Chris stößt mich unsanft in die Seite, als sie sieht, dass ich dem Zimmermädchen schuldbewusst nachschaue. Selbst ich habe gespürt, wie mein Gesicht zu einer sorgenvollen Maske einfror. Weil es mir schwerfällt, loszulassen. Auch hier noch, Tausende Kilometer von zu Hause entfernt. Im staubigen Licht des Tages stehe ich, die Unterlippe zwischen die Zähne gezogen, neben meiner Freundin vor unserem Motelzimmer, das mich so sehr an einen Tatort aus CSI erinnert, dass ich am liebsten mit Pfefferspray im Anschlag ins Bett gehen würde. Wenn ich welches hätte ... Der Billig-Look unserer Absteige für die nächsten drei Tage dämpft meine Reiselaune enorm, macht er mir doch wieder bewusst, dass ich für diesen Trip meinen letzten in Festanstellung verdienten Cent verbraten habe und meinen vom Arbeitsamt bewilligten Jahresurlaub gleich mit. Hingeschmissen habe ich meinen Job, bevor er mich endgültig in die Anstalt bringen konnte. Dann sind Chris und ich trotz allem, wie seit Herbst geplant, in den Flieger gestiegen und haben den Alltagsärger hinter uns gelassen. Drei Wochen Kalifornien – mit Abstecher in den Nachbarstaat. Drei Wochen Roadtrip für Girls. Fast ohne Kompromisse.
Kaum haben wir unseren klimatisierten Mietwagen verlassen, will uns die Sonne Nevadas in den Asphalt brennen. San Diego vermisse ich jetzt schon. Viel zu wenig Zeit hatten wir für die noch spanisch nachsummende Stadt vor der mexikanischen Grenze mit ihren beschatteten Plätzen und aufmunternden Bougainvilleen. Nächstes Mal wissen wir es besser.

Nach sieben Stunden Autofahrt fehlt Chris sichtlich die Energie. Die bleiernen Curly Fries, die wir ein paar Meilen vor Vegas bei Arby's ausgehungert hinuntergeschlungen haben, liegen ihr offenbar schwerer im Magen als mir. Also gehe ich meiner Freundin zur Hand, um den mordopfertauglichen Kofferraum des Impala zu leeren. Denn wir haben noch etwas vor.

»Lieber Himmel! Kannst du einen kirre machen!«, mault Chris. Nach einem Fußmarsch über den Strip stehen wir endlich – und nach dem langen Sitzen einigermaßen lahm – an der Kasse des *Colosseum*. »A New Day ...« wartet auf uns oder, besser, wir auf ihn. Brav in die Schlange eingereiht, schaue ich zum hundertsten Mal in meinem großen Briefumschlag nach, ob ich nichts vergessen habe. Als wäre es dafür nicht längst zu spät! Immerhin liegt unsere Anreise bereits eine Woche zurück. Zwei Blätter Buchungsbestätigung, mindestens fünf Blätter Zahlungsbelege, nebst Kreditkartenabrechnung, vorläufige Club-Membership-Karte, natürlich ebenfalls als kilometerlanger E-Mail-Ausdruck – alles da, und als wir schließlich dran sind, habe ich meine einstudierte Rede vergessen.

»*We've booked tickets for tomorrow's show*«, höre ich mich mit kribbelnder Stimme sagen und sehe aus den Augenwinkeln, wie Chris in sich hineingrinst. Sie, der Englisch-Profi, lässt mich und mein seit der Zwölften brachliegendes Englisch voll auflaufen. Ich kann ihr nicht böse sein. Schließlich traut sie sich in den US-amerikanischen Straßenverkehr. Ganz im Gegensatz zu mir. Ich schaffe es nämlich einfach nicht, Automatikbedienung und Schilderlesen gefahrlos in Einklang zu bringen.

Als ich kurz darauf die schwarzen, edel laminierten Tickets in der Hand halte, will ich vor Stolz und Vorfreude platzen. Bis zum nächsten Abend werde ich sie wie meinen Augapfel hüten. Denn dann gewähren sie mir und Chris Einlass zu meinem Traum, dem ich seit zehn Jahren entgegenfiebere.

Meine Hochstimmung hält sich für die nächsten vierundzwanzig Stunden, selbst wenn Chris und ich die meiste Zeit vor der brennenden Sonne in klimatisierte Räume flüchten.

Tagsüber und in der schmutzigen Dämmerung ist Las Vegas keine graue Maus, sondern schlichtweg eine hässliche Ratte. Das protzige Luxor und das ausladende MGM unweit unseres Motels haben mich bereits bei unserer Ankunft erschlagen. Ihre Glasfassaden reflektieren schmerzhaft das Licht, machen den Aufenthalt im Freien unerträglich. Es ist gerade erst der 20. März, aber hier ist es so heiß wie bei uns mitten im Sommer. Im Stillen verfluche ich meinen verlogenen Reiseführer. Schwarz auf Weiß war dort von frühsommerlichen Temperaturen die Rede. Auf meinen Wangen zeichnet sich nach dem Strip-Marsch am gestrigen Nachmittag ein Sonnenbrand ab, sodass ich mich langsam frage, ob der Verfasser einen anderen Ort beschrieben hat. Hätte ich mir nicht schon in LA ein stylisches Hütchen gekauft, wäre das meine erste Errungenschaft im Spielerparadies gewesen.

Weder Chris noch ich haben Lust (und Geld), uns den Tag in Casinos zu vertreiben. Mich reizen weder Automaten noch Spieltische, Zauber finde ich auch anderswo. Nur hier (noch) nicht. Ausflüge ins Umland sind ausgebucht oder lassen sich nicht mit unserem Abendtermin vereinbaren. Etwas ratlos navigieren wir schließlich im klimatisierten Pkw nach Downtown Las Vegas. Doch auch dort finden wir nichts, um die Zeit totzuschlagen. Wir sind schlichtweg nicht das Publikum für diese Stadt. Als uns später doch noch die Shoppinglaune erwischt – nein, eigentlich ist es die schnöde Lust, Menschen zu beobachten und über sie zu lästern – und wir durch die Casinos wandern, erstaunen mich die Touristenmengen immer wieder. Mir wird bewusst, dass ich zu viele Vorurteile gegen Spieler und Vergnügungsurlaub hege und mich nicht mit dem Klimpern und Klirren, der Musik und dem Entertainment anfreunden kann, obwohl wir genau deshalb hier sind: der Unterhaltung wegen.

Doch während wir am Abend aufgehübscht wieder zum *Colosseum* gehen, verliebe ich mich plötzlich. Allen Widrigkeiten und Animositäten zum Trotz. Neben uns tanzen die Fontänen des Bellagio im Takt der Musik. Nicht ein Stern am Himmel, dafür aber zahllose Lichter in magischen Farben, die mit einem Mal überhaupt nicht mehr hektisch auf mich wirken. Menschen umgeben uns. Menschen ohne starren, unbeteiligten Blick. Fassaden einer Nacht vielleicht, aber Fassaden voller Lebensfreude. Sie nähren meinen Enthusiasmus und lassen mich vergessen, dass mir die Füße in meinen brandneuen angesagten Zehensandalen so wehtun, dass ich versucht bin, sie abzustreifen und schwungvoll in das riesige Wasserbecken vor dem Bellagio zu werfen. Der Gedanke an die gepfefferten Bußgelder, die man hier für *Littering* aufgebrummt bekommt, und meine Konzertvorfreude halten mich erfolgreich davon ab. Auf dem langen Weg der Mode haben die Designer zweifellos vergessen, wie sehr dieses Schuhwerk foltern kann. Nach nur fünf Gehminuten stützen Chris und ich uns wie ein altes Ehepaar und können unsere weichen Sitzplätze auf der zweiten Empore kaum noch erwarten.

Die Amerikaner sind ein seltsames Völkchen, pflege ich gedanklich weitere Vorurteile. Nie würde ich auf die Idee kommen, mich im schmuseweichen Jogginganzug und mit Snacks bewaffnet in die heiligen Hallen eines Theaters zu begeben. Vornehmlich weibliches Publikum füllt den zweiten Rang der riesigen Theaterhalle. Zwischen all den schnatternden Ladies, die entweder komplett underdressed sind oder im ausladenden Abschlussballkleidchen sogar den samtig-roten Edelrahmen der Location sprengen, komme ich mir in Jeansrock und frisch gebügelter weißer Carmenbluse erquickend normal vor. Ich kann nicht behaupten, dass ich die Ruhe selbst bin. Mich nerven das Rascheln von Snacktüten genauso wie die Platzanweiser, die in letzter Minute noch Fan-Artikel ans Publikum bringen. Zehn Dollar für einen Viertelliter Quellwasser in einer Plastikflasche mit nichts als einem edlen

Logo erscheinen sogar mir als jahrelange Verehrerin absolut überteuert. Neben, vor und hinter uns wird geschnattert, und obwohl ich selbst ansonsten den Mund nicht zubekomme, sitze ich nur stumm auf meinem samtenen Sitz und habe nichts Besseres zu tun, als an meiner Handtasche nestelnd zu warten. Bevor ich mich wundern kann, dass die Show in den Medien als »*sold out*« gelobt wird, obwohl ganze Reihen im Parkett leer bleiben, wird es dunkel und meine Grübeleien versinken in prickelnder Schwärze.

Es herrscht Stille, als die ersten zarten Klänge eines Klassikers, den bereits Nat King Cole interpretierte, den großen Raum erobern. Kein Knistern mehr. Nur unhörbare Atemzüge. Ebenso lautlos wandelt sich die Kälte der Klimaanlage, die meine Haut besetzt wie Raureif, mit jedem Ton in Wärme. Sie säuselt sich tief in mich hinein. Ballt sich in meinem Unterleib, dort, wo sich normalerweise verliebte Schmetterlinge versammeln. Lässt mich gebannt auf die Bühne starren.

Ein Lichtkegel akzentuiert eine schlanke schwarze Silhouette, folgt ihr in atemberaubender Geschwindigkeit, als nähme sie zehn Stufen mit nur einem Schritt. Dann steht die Bühne in hellem Licht. Vorbei das Vorspiel des Pianos. Endlich tastet sich ihre Stimme durch die Reihen. Kraftvoll und doch unendlich behutsam löst sie die Schmetterlinge in meinem Bauch. Ruhelos zerstieben sie in alle Richtungen meines Körpers, tanzen rhapsodisch durch meine Adern, zupfen mit ihren Flügeln an meinen Synapsen. Sie reisen umher wie der verzauberte *Nature Boy* in Coles Song, erleben das größte Geschenk: die Liebe. Die in diesem Augenblick jede Form annimmt, die der Zuhörer ihr verleihen will. Während die letzte Note in ungestümem Applaus verklingt, kann ich die Gestalt auf der Bühne kaum mehr erkennen.

Irgendwo in den Reihen hinter uns schnäuzt jemand verstohlen. Mein am Wasser gebautes Wesen nimmt das zum Anlass, um sich durchzusetzen und mein Make-up zu zerstören. Aus meinem Blickwinkel ähnelt sie Däumelinchen, aber ich kann mich nicht sattsehen. Selbst Stecknadelgröße hätte mir genügt. Jeder Ton, jeder Atemzug, die so vertraute Stimme lassen mich wissen, dass ich in einem Raum bin mit CELINE DION.

Erst als zwei oder drei Songs später – die Zeit verrinnt zu schnell – verheißungsvoller Nebel über die Bühne wabert und Tänzer mit freiem Oberkörper sie zu einem schwarzen Ledersessel führen, erscheint sie überlebensgroß auf der Leinwand am Bühnenhintergrund. Mein Körper besteht die Belastungsprobe nur knapp. Zu sehr stolpert mein Herz. Zu viele Hügelchen besetzen meine Arme. Irgendwann bilden meine Lippen nicht mehr stumme Wörter, sondern entlassen Töne, obwohl ich nicht singen kann. In einem Theater in der Wüste von Nevada verschmelze ich mit der Künstlerin, die ich schon vergötterte, als die Titanic noch nicht auf der Leinwand versunken war. Jedes Wort kenne ich, jeden Ton. Ich muss ihn nicht treffen. Leise singe ich, ohne mich selbst zu hören, präge mir Abwandlungen ein und nehme neue Stimmnuancen wahr. Bis Celine Dion sich am Bühnenrand niederlässt. Mich erfasst eine Welle des Neides – kurz nur, aber heftig –, als mir bewusst wird, wie nah ihr die Menschen dort unten in der teuren ersten Reihe sind.

Routiniert schlägt sie den langen Rock um ihre Beine. Das Mikrofon trägt ihre Anstrengung durch den Raum, als sie nach dem Tanz tief Atem schöpft, es mit einem Seufzen überspielt. Es folgt ihr unverkennbares Lachen, das stets fröhlich in ihrer Kehle gluckert. Abend für Abend richtet sie dieselben Worte an ihr Publikum – das verrät mir Monate später die Live-DVD. Abend für Abend sitzt im abgedunkelten Raum vor ihr nicht nur ein Mensch, der sich besonders fühlt, und heute gehöre ich zu ihnen. Mit hörbarem Kloß in der Kehle kündigt sie ein Lied an, das von einer Liebe erzählt. Vom Beschützen. Vom Loslassen. Von Gefühlen zu einem Menschen, den es in meinem Leben nicht gibt. Zu einem Menschen, für den man die Welt verändern würde, so man es denn könnte. Ich weine, weil ich nicht anders kann. Weil es ihr immer wieder gelingt, mein Innerstes zu treffen und Gefühle zu wecken, die ich nur allzu gern verberge. Chris reicht mir wortlos ein Papiertaschentuch. Trotz abweichenden Musikgeschmacks sitzt der einzige Mensch, der sich nicht über meine Leidenschaft lustig macht, neben mir. Doch irgendwann applaudiert auch sie im Takt. Lässt sich von schnellen Stücken mitreißen. Ich höre ihr »wow!«, wenn das Bühnenbild von blumig-romantisch zu großstädtisch-hektisch wechselt und fantasievoll kostümierte Tänzer die Bühne bevölkern. Wieder und wieder entsteht ein neuer Tag voller Charme, Bewegung, Farben und Rhythmen. Neunzig Minuten lang. Ein Konzert in Spielfilmdauer. Viel zu schnell verklingen die letzten Töne des Armstrong-Klassikers, mit dem sie uns mit einem neuem Blick in unsere wunderbare reale Welt da draußen entlassen will.

Die einzelne rote Rose, die ihr allabendlich ihr weiß gekleideter Sidekick reicht, gebührt auch an diesem Abend einem Gast im Publikum. Und dieses Mal ist es ein ganz besonderer Mensch: Freudig, mit leicht verschämtem Lächeln auf den Lippen nimmt Thérèse Dion die Blume entgegen. Für einen kurzen innigen Moment teilen sich Mutter und Tochter die riesige Bühnenleinwand. Es ist der Geburtstag der Frau, die mit einem selbst verfassten Lied über einen Traum der Karriere ihrer Tochter Anstoß verlieh. Mein Herz wird leicht, und ich fühle mich privilegiert, dass ich diesem einmaligen Augenblick beiwohnen darf. So kitschig es auch wäre, ich wünschte mir, Celine Dions erwachsene Stimme jenes Lied singen zu hören. Und sei es nur die erste Zeile. Doch sie eilt zurück auf die Bühne, schmatzt Luftküsse in alle Richtungen, und nach einem »*Goodbye and good night*« verschwindet sie. Noch lange stehen Chris und ich vor unseren Sitzen, während auf der Leinwand ein Abspann läuft wie nach einem Kinofilm, klatschen, bis uns die Handflächen brennen. Erst als sich die bunt gemischte Meute um uns herum schnatternd und raschelnd in Bewegung setzt, gehören Chris die ersten Worte: »Hach, schön war's!«, murmelt sie und seufzt ein bisschen betreten.

Auf dem Weg ins Motel komme ich mir vor wie die Tänzerin, die im weißen Kleid hinter der Sängerin – von starken Seilen gehalten – mit der Melodie sanft durch die Luft glitt. Der Asphalt wird zu Wolken. Längst haben Chris und ich die quälenden Sandalen von den Füßen gestreift. Barfuß tänzeln wir durch Las Vegas. In einer Hand die fiesen Schuhe, in der anderen *Margaritas by the Yard*. Aus violett-transparenten Plastikbechern in Trompetenform schlürfen wir den Cocktail mitten auf der Straße.

Wir lachen, plaudern über die Show. Nicht nur der – etwas laue – Alkohol hält meine Euphorie aufrecht, auch Chris' sichtliche Zufriedenheit belebt mich. Vergessen sind die lockigen Fritten, die uns am Vortag das Leben schwer gemacht hatten. Vergessen die träge Hitze des Tages und die Tatenlosigkeit. Vergessen auch mein zerstörtes Make-up und die Tränenspuren auf den Wangen, die meine Haut spannen und die ich nicht wegtupfen will, bis die Nacht vorbei ist. Hier interessiert sich niemand für mein Aussehen. Einmal darf auch ich ein verschmierter, schräger Vogel sein. Ich spüre, dass ich ein Lächeln mit mir herumtrage.

In dieser Nacht ist die Spielerstadt der schönste Ort der Welt. Las Vegas hat sich in eine Diva verwandelt, die in allen Farben funkelt und nicht aufhört zu singen. Unbeschwert gehen wir durch die Straßen, bis wir unser Motel erreichen und mit schmutzigen Fußsohlen in unsere Betten fallen. Die Margarita schaffen wir kaum. Ein Yard davon mit viel gecrushtem Eis presst unsere Wasserbäuche in die Laken. In voller Konzertaufmachung bleiben wir liegen und warten auf den Schlaf.

»Und? Was steht nun noch an?«, fragt Chris.

Ich zögere mit der Antwort. Bei surrender Klimaanlage denke ich nach. Von der Welt habe ich einiges gesehen: von Sankt Petersburg über Moskau und Paris bis hin zu den Kanadischen Rockies und vor einer Woche noch Hollywood.

Vor Jahren verdonnerte uns unsere *very british* parlierende Englischlehrerin zu einer Hausaufgabe, bei der ich das Soll übererfüllte. Mir fällt ein, dass ich Chris schon immer davon erzählen wollte. Statt zehn meiner Träume, Wünsche, Pläne aufzulisten, beschrieb ich damals ganze drei Seiten. Eine lange *bucket list*, die mir allgegenwärtig ist, mich manchmal jagt. Aber sie ist geschrumpft, viele Punkte sind abgehakt.

Ich habe in die japanische Sprache geschnuppert, mir in Montreal schnoddriges Französisch angewöhnt, wohne in der Stadt, in der ich studieren und leben wollte, seit ich mir als Sechsjährige mit Eichelnsammeln einen Zoobesuch dort erarbeitet hatte. San Francisco steht noch auf dieser Liste. In zwei Tagen wird es ebenso Realität wie der berühmte Highway 1. Nur wenig Fun-Faktor gönnte ich mir auf meiner bucket list. Lernen und Weiterentwickeln standen ganz oben, Reisen unten. Dazwischen, fast verloren: ein Konzert. Die Chance, es zu erleben, war weit entfernt. Bis heute.

»Ich habe so lange auf ein Wunder gewartet«, hat Celine Dion vorhin gesungen. Manchmal lohnt es sich, auszuharren, auf eine Banalität wie ein Konzert am anderen Ende der Welt zu warten. Seit heute warte ich nicht mehr. Endlich bin ich nur im Jetzt. Nicht in meinem Listen-Gestern. Erst recht nicht in meinem Listen-Morgen.

Ich habe zwar keinen Job, aber mir geht es gut. Zu Hause werde ich erwartet. Sehnsüchtig, so hoffe ich.

Es steht nichts an. Zum ersten Mal seit zehn Jahren mache ich Pause. Zum ersten Mal sind die Bäume wieder grün, der Himmel blau und die Wolken weiß, und wenn mir morgen die Sonne die Haut verbrennen will ... Soll sie doch! Es steht nichts an. Außer ...

»Ein neuer Tag ...«, antworte ich schließlich, aber Chris' gleichmäßiger Atem verrät, dass sie bereits eingeschlafen ist.

August 2004.
11:15 Uhr.
Nicht der perfekte Zeitpunkt für Morgenurin. Und doch färbt sich die Ergebnislinie in Nullkommanichts dick rot. Benommen trage ich das Stäbchen durch die Wohnung, als

das Telefon klingelt. Chris ruft normalerweise nicht mitten am Tag an, aber das Home Office der Selbstständigen – das sind wir mittlerweile beide – kennt ohnehin keine regulären Arbeitszeiten.

»Du, die Live-CD ist grad mit der Post gekommen. Hast du Lust auf ein Vegas-Revival?«

CD? Vegas? Ich brauche einen Moment, um mich zu sammeln.

»Klar doch!«, willige ich ein und kann meine Aufregung kaum verbergen. »Ich nehme die nächste Straßenbahn.«

»Na dann: auf einen neuen Tag!«, verabschiedet sich Chris fröhlich.

Auf mein kryptisches Lächeln wird sie noch eine Dreiviertelstunde warten müssen.

Fortmachen

Maryanne Becker

»Fortmachen, wir müssen fortmachen«, brabbelte Großvater auf seinem dreibeinigen Schemel neben dem Ofen. Von der Notwendigkeit, endlich hier fortzumachen, war seit Jahren die Rede, und in letzter Zeit legte Großvater mehr Nachdruck auf seine Worte, indem er mit dem Fuß auf den lehmigen Boden unserer Behausung stampfte.

»Du musst hier fortmachen, sobald die Kleinen aus dem Gröbsten raus sind«, waren Mutters letzte Worte, bevor sie im dreizehnten Kindbett ihr von Arbeit und Schwangerschaften geschwächtes Leben aushauchte. Außer mir hatten zwei Brüder das Kleinkindalter überlebt und ich war froh, nicht noch mehr Kletten mitschleppen und unnütze Esser ernähren zu müssen.

Ebenso wie die anderen Bewohner unseres kleinen Weilers, der ob seiner Bedeutungslosigkeit die Bezeichnung Schtetl nicht verdiente, war Vater ein mittelloser Handwerker, dessen Aufträge und Einkünfte vom Wohlergehen der anderen Dörfler abhingen. Als Mutter noch lebte, gab es Bier und Schnaps am Sonntag, seit ihrem Dahinscheiden aßen wir sonntags Kartoffeln.

Fortmachen, fortmachen, das war mein Ziel von klein auf und ich war gewillt, alles daran zu setzen, von einem der feinen Herren, die hin und wieder unseren Ort aufsuchten, entdeckt zu werden. In die weite Welt hinaus wollte ich. Als feine Dame eines feinen Herrn. Die hübschesten und kräftigsten Mädchen aus dem Ort wurden auserwählt, um – wie es hieß – in der Ferne ein besseres Leben zu beginnen. Die Wehklagen der verlassenen Mütter bezeichneten die Zurückgebliebenen als Käseschmus, sinnloses Gerede.

Nachdem kurz vor Herbstbeginn der Viehhändler, der neben allerlei Waren auch eine kleine Auswahl an Stoffen und Schneiderbedarf feilbot, ins Dorf gekommen war, erschienen bald einige städtisch gekleidete Herren, die die Mädchen im heiratsfähigen Alter in Augenschein nahmen. Es war jedes Jahr das gleiche Spiel. Niemand hätte sagen können, ob einer der Herren in der Vergangenheit schon einmal im Ort auf Brautschau gewesen war, denn in unseren Augen sahen sie alle gleich aus.

Großvaters gebetsmühlenartige Beschwörungen hatten mein ganzes Denken und Trachten in Beschlag genommen. Gerade fünfzehn, war ich entschlossen, mich Ende dieses Sommers finden zu lassen und fortzumachen.

Ich putzte mich heraus, kämmte mein hüftlanges, schwarzes Haar, bis es glänzte, rieb mein Gesicht mit Ringelblumensalbe ein, damit die Haut weich und geschmeidig schimmerte wie Samt. Recha, meine Kusine, die mit ihren neunzehn Jahren bereits als alte Jungfer galt, war meine einzige Vertraute. Ein Segen sei es, munkelten die Klatschweiber, dass sich bisher kein Herr für Recha interessiert hätte, denn trotz ihres körperlichen Makels versorgte sie ihre kleinen Geschwister. Und sie war die Einzige, die niemals vom Fortmachen sprach.

Die Schabbeskerzen waren gerade erloschen, als wir ein heftiges Pochen an der Tür vernahmen. Vater wies mich an, nachzusehen, wer Einlass begehrte, während sich meine Brüder ängstlich unter den Tisch duckten.

»Du bist also das Fräulein Perla«, sprach der Fremde, ohne einen Gruß an mich zu richten, wie es sich gehört hätte. Ich spürte eine Hitze in meinem Kopf aufsteigen und fürchtete, dass rote Flecken im Gesicht all meine Bemühungen zunichte machen würden. Rasch nickte ich, senkte den Blick und fragte flüsternd, was der Herr wünschte.

»Bring mich zu deinem Vater«, forderte er und zwinkerte mich dabei an, dass ich vor Scham am liebsten unsichtbar geworden wäre.

Vater hieß mich, die Jungen zu Bett zu bringen und sie mit dem Lied, das unsere Mametschi selig in guten Zeiten gesungen hatte, in den Schlaf zu wiegen. Eine düstere Ahnung von Abschied legte sich über mein Gemüt, und ich verfluchte meine Sehnsucht nach der Ferne.

»Meine Tochter, deine Zeit ist gekommen. Du wirst nun gehen, dorthin, wo ein besseres Leben dich erwartet. Zvi wird dich zur Frau nehmen, und du wirst ihn lieben, ehren und bis zum Ende deiner Tage folgen. Du wirst deinem Mann gehorchen, so wie du bisher mir gehorcht hast. Leb wohl, mein Kind«.

Der Fremde nahm meine Hand, sah mir in die Augen und sprach: »Du wirst mich glücklich machen.« Ich lächelte gequält und wünschte, er hätte versprochen, mich glücklich zu machen. Ich würde mich bemühen, auf dass sein Glück auf mich herabfiele!

Die Droschke wartete am Ende des Weges. Trockener Staub setzte sich im Saum meiner Feiertagskleidung fest, als ich, mein winziges Bündel in der Hand, an Zvis Seite mein bisheriges Leben und alles, was mir teuer war, hinter mir ließ. Recha trat aus dem Haus, winkte mir zu und rief: »Vergiss uns nicht und auf Wiedersehen in der neuen Welt!«

Nach einigen Stunden Fahrt durch die dunkle Nacht gelangten wir zu einem Gasthaus, wo wir nach einer kargen Mahlzeit und einem Krug Bier unser Lager aufschlugen. Zvi erinnerte mich an Vaters Worte und verlangte, dass ich mit ihm die Bettstatt teile. Meinem Einwand, dass wir erst unter den Baldachin treten sollten, um uns nicht zu versündigen, begegnete er mit der Begründung, er müsse vorher prüfen, ob ich wirklich die ehrbare Jungfer sei, als die ich ihm angepriesen worden war. Die Prüfung war schmerzhaft und von kurzer Dauer. Ich bemühte mich zu erfassen, was geschehen war, aber Zvis Schnarchen gepaart mit dem Stimmengewirr aus dem Schankraum lähmte meine Gedanken und betäubte meinen Schmerz. Ich fiel in einen tiefen Schlaf, aus dem mich im Morgengrauen Zvis erneute Prüfung in die Wirklichkeit katapultierte.

»Fasse deine Kleidung, die Droschke wartet.« Zvi reichte mir einen Becher Wasser und ein Fladenbrot, das ich hastig verschlang, während ich mich unter seinen gierigen Blicken zitternd ankleidete.

»Beeile dich, unser Schiff läuft heute Nachmittag aus, und in Odessa wartet der Rabbi darauf, uns zu trauen.«

Es war eine schmuddelige Gasse am Rande Odessas, nicht weit weg vom Hafen, wo der Rabbi uns bereits ungeduldig erwartete, Zvi den weißen Hochzeitskaftan zuwarf und uns anschließend gebot, rasch unter den Baldachin zu treten. Die Zeremonie begann; ich schloss die Augen, dachte an Mametschi, die mich Hoffnung und Geduld gelehrt hatte, während der Singsang des Rabbis von einer Wattewand in meinen Ohren aufgesogen wurde und mein Herz nicht zu erreichen vermochte. Mir schien, als wären keine fünf Minuten vergangen, bis Zvi die Heiratsurkunde in Empfang nahm.

Die Passagiere dritter Klasse wurden als Letzte an Bord gelassen. Mein Traum, von der Reling aus den Zurückbleibenden am Kai zuzuwinken, zerplatzte Stück für Stück mit jeder Stufe, die wir weiter hinab in den dunkeln Rumpf des Schiffes stiegen. Zvi hatte mir eingeschärft, mich von den Mitreisenden möglichst fernzuhalten und nicht über unsere Pläne zu sprechen. Man müsse sich hüten vor Neidern und Schurken. Doppelstöckige Pritschen boten ein Lager für die Nächte, tagsüber hockten wir auf den splittrigen Dielen, wo menschliche Ausdünstungen die Luft zum Atmen abschnürten und jammernde Weiber mit schreienden Kindern beinahe den Lärm der Motoren übertönten. Für die Dauer der Reise war ich von Zvi, der im Männersaal reiste, getrennt. Ich verschloss meine Sinne und gab mich meinen Träumen hin, meiner Liebe zu Zvi, der mich bald nach unserer Ankunft glücklich machen und mit dem ich den Überfluss der neuen Heimat genießen würde.

Unzählige Tage verstrichen, bis wir endlich in Südamerika von Bord gingen. Obwohl schwarze Wolken und prasselnder Regen die Sicht auf den Hafen trübten, fühlte ich mich nach den Wochen unter Deck geblendet. Am Leuchtturm auf dem Hügel blieb mein Blick haften.

Erfüllt von dem Gedanken, wieder mit Zvi beisammen zu sein und meinen Traum Wirklichkeit werden zu lassen, lief ich auf ihn zu, als ich ihn endlich im Gewimmel am Hafen entdeckt hatte. Er sah mich missmutig an und schob mich unwirsch zur Seite, als ich ihn freudig begrüßen wollte.

»Wir sind in Montevideo«, antwortete er auf meine Frage, ob wir am Ziel seien.

»Deinetwegen hatte sich die Abreise verzögert und die Passage nach Rio war ausgebucht. Wir müssen hier bleiben und arbeiten, bis wir weiterreisen können.«

Zvi sah grimmig drein und ich war bereit, alles zu tun, um seine Laune zu bessern und für die Weiterreise zu arbeiten.

Unsere Habseligkeiten unter dem Arm machten wir uns auf den Weg in die Altstadt. Meine Füße wollten mir kaum gehorchen, mir war, als hätte ich an Bord das Laufen verlernt. Völlig durchnässt gelangten wir zu einer Spelunke, die, wie ich nun erfahren sollte, für die nächste Zeit mein Zuhause sein sollte. Unzüchtig gekleidete, Zigarren rauchende Frauen hockten am Tresen, riefen Zvi in fremder Sprache etwas zu und schnalzten unanständig mit der Zunge. Zvi schüttelte den Kopf und wandte sich mir zu. »Hier wirst du arbeiten. Die Mädchen werden dich einweisen. Wenn du fleißig bist, können wir bald weiterreisen und unser Heim in Brasilien einrichten.« Ich schluckte, blickte Zvi mit großen Augen verständnislos an und fühlte mich unendlich müde.

Eine Kammer im ersten Stock des Etablissements sollte mein Zuhause für die nächste Zukunft werden. Ein Überwurf aus rotem Samt bedeckte die löchrige, schmutzige Wäsche des Bettes, an dessen Kopfseite ein riesiger Spiegel fast die ganze Wand einnahm. Unter dem Schemel hinter der Tür befand sich eine riesige Tasse, die offenbar als Nachttopf diente. Eine mit Goldrand verzierte, mit trübem Wasser gefüllte Schüssel stand auf dem kleinen Tisch am winzigen Fenster, durch dessen blinde Scheiben kein Sonnenstrahl einzudringen vermochte.

Zvi bestand die erste Nacht in Montevideo auf der Erfüllung meiner ehelichen Pflichten und tat kund, dass er in den nächsten Wochen auswärtigen Geschäften nachgehen müsse. »Carmen wird sich um dich kümmern, gehorche ihr und gib dein Bestes, damit wir bald unser neues Leben beginnen können.«

»Wir geben den Männern ihre Freude«, erklärte Carmen meine künftige Aufgabe. »Du bist eine verheiratete Frau, du weißt, was ich damit meine«, ergänzte sie und fixierte mich abschätzig: »Nichts dran an dir, aber es gibt Kerle, die finden Gefallen an kleinen Mädchen.«

»Nein, das erlaubt Zvi nicht. Ich habe ihm Treue geschworen.«

Carmen grinste und tippte den Finger an die Stirn. »Vertrau mir«, beschwor sie mich. In meinen Ohren klang es genauso wie Zvis Formel: »Vertrau mir, rede nicht mit anderen; die Weiber sind falsch und neidisch.« In meinem Kopf türmten sich Fragen, die ich nicht zu stellen wagte, ja nicht einmal zu formulieren in der Lage war. »Aber …, wie …, was ist, wenn ich schwanger werde?«, stammelte ich.

»Das wird nicht geschehen, du Dummchen.« Carmen fasste mich an der Schulter, zwang mich, ihr in die Augen zu sehen und sagte: »Jetzt verrate ich dir ein kleines Geheimnis, und wehe, jemand erfährt davon, wehe, einer deiner Kunden merkt etwas, wehe!«

Ich schlug die Augen nieder und versicherte, dieses Geheimnis zu wahren.

»Huren bekommen keine Kinder«, erklärte sie und offenbarte die Tricks ihres Gewerbes.

Bald zeigte sich, dass Carmens Einschätzung zutraf: Der Neuzugang hatte sich rasch herumgesprochen und die Freier waren erpicht, mich, das Mädchen, zu ergattern, bevor es verbraucht war. Feine Herren kamen ebenso wie verschwitzte und versoffene Kerle, die ihren kümmerlichen Lohn für einige Minuten vermeintlichen Glücks auszugeben bereit waren. Rasch hatte ich meine Lektion gelernt, keiner der Männer bemerkte meine Kniffe, keiner fühlte sich betrogen. Jedes Mal, wenn ein Schiff einlief, ergoss sich eine Kaskade liebeshungriger Emigranten und Seeleute über die Altstadt. Tage- und nächtelang verharrten wir in der Horizontalen, um die auf See aufgestaute Sinneslust der Ankömmlinge zu befriedigen.

Um meinen Traum zu verwirklichen und mit Zvi ein neues Leben in Brasilien zu beginnen, redete ich mir ein, das Ganze sei ein Spiel. Freiwillig und vorübergehend. Dass meine Seele verwaiste, spürte ich in jenen Tagen nicht.

Zvi kam und ging. »Bald ist es soweit, noch einige hundert Pesos...«, versprach er immer wieder und malte unser neues Zuhause in Rio Grande in den schillerndsten Farben aus.

»Los, ankleiden«, befahl Zvi und warf einen Haufen damenhafter Kleidung aufs Bett. »Beeile dich, wir brechen auf!« Ungläubig sah ich Zvi an. Nach fast sieben Jahren, in denen ich manchmal fürchtete, in der widerlichen Kaschemme mein gesamtes Dasein fristen zu müssen, ging es endlich weiter, meinem Traumland entgegen.

An einem der kältesten Tage des Jahres 1882 erreichten wir unsere neue Heimat in Brasilien. In São Leopoldo, einer kürzlich entstandenen Ansiedlung, hatte Zvi Land erworben und im Zentrum ein Steinhaus errichtet. Voller Vorfreude hatte ich unterwegs seinen begeisterten Schilderungen gelauscht.

Ninho de amor, Liebesnest, prangte ein roter Schriftzug über der Eingangstür und in den Fensterchen standen rote Laternen. Entsetzt sah ich Zvi an. »Keine Abgaben mehr, keine drittklassigen Weiber«, grinste er und klatschte in die Hände. »Und ich?«, wagte ich zu fragen.

»Du wirst dich um den Laden kümmern, die Pferdchen im Griff halten, kassieren, und besonderen Gästen besondere Dienste anbieten.«

Es waren jüdische Mädchen aus Polen, Bessarabien und der Ukraine, die unter falschen Versprechungen nach Südamerika gelockt worden waren und ein paar Mulattinnen, die Zvi aus den Dörfern im Norden angeschleppt hatte. »Sieh zu, dass die Weiber sauber und gesund sind und willig ihre Arbeit machen.«

Trotz meiner abgrundtiefen Enttäuschung war ich dankbar, dass Zvi sich um das Befinden seiner Mädchen sorgte, weil ich wusste, dass es ansteckende Krankheiten gab, die den Ruf des Bordells und seines Besitzers zerstörten. Ich wies die Mädchen in ihre Tätigkeit ein, verriet ihnen die geheimen Techniken zur Verhütung von Schwangerschaften und Geschlechtskrankheiten und beschwor sie, mir bedingungslos zu vertrauen und persönliche Distanz gegenüber den Freiern zu wahren.

Das Ninho de amor erfreute sich rasch einer stetig wachsenden Nachfrage: Deutsche Handwerker und Bauern, die in der Region siedelten, englische Gentlemen, die den Eisenbahnbau überwachten und, am Zahltag, die aus aller Herren Länder stammenden Bauarbeiter beanspruchten die Dienste unseres Liebesnests.

Statt der ersehnten Freiheit erwartete mich eine neue, wenn auch komfortablere Gefangenschaft. Zvi lehnte es weiterhin ab, mein Lager zu teilen: Er stecke seinen Schmock nicht in eine verwelkte Blüte, ließ er mich wissen. Ich schaute ihn an, diesen widerwärtigen glupschäugigen Gnom und sah mein Ziel vor Augen. Ich würde fortmachen, fort in die Freiheit.

Ich begegnete Zvi weiterhin voller Demut, gab vor, zu gehorchen und blieb scheinbar das dumme Ding, das er sich einst gefügig gemacht hatte. Ich begann, heimlich einen Teil der Einnahmen abzuzweigen und versteckte diese Ersparnisse unter den Bodendielen. Vorsichtig zog ich Erkundigungen bei den Freiern ein. Ein paar Engländer, die zuvor den Bau der Bahnstrecke Galveston – San Antonio geleitet hatten, erzählten von osteuropäischen Juden, die in den letzten Jahren in Texas eingewandert waren. Diese verheißungsvolle Nachricht zog mich in ihren Bann und ich hoffte, einer der englischen Freier würde sich an Namen und Personen erinnern.

»Es gibt in Galveston den jüdischen Hilfsverein, wo sich die Einwanderer registrieren und bis zur Weiterreise Unterkunft finden«, sagte Ted, ein mir wohlgesonnener Ingenieur, der sich schließlich bereit erklärte, für mich Erkundigungen einzuziehen.

Monate vergingen, bis Ted mir die Nachricht aus Galveston überbrachte, dass in den vergangenen Jahren mehrere Personen namens Rosenzweig eingewandert seien. Zur Beantwortung meiner Anfrage würden jedoch weitere Angaben zu den gesuchten Personen benötigt. Ich verbrachte Tage und Wochen damit, in meiner Erinnerung nach den Vornamen und Geburtsdaten meiner Verwandten zu graben.

Es vergingen fünf lange Jahre des Hoffens und Bangens, bis ich endlich die Gewissheit erhielt, dass einer meiner Brüder in Galveston von Bord gegangen und nach San Antonio weitergereist war. Man habe ihn von meiner Anfrage unterrichtet.

Bevor Ted mit den Eisenbahnern weitergezogen war, hatte er mir den Kontakt mit einem katholischen Priester der deutschen Gemeinde in São Leopoldo vermittelt, der gegen ein Jeito – eine Spende – bereit war, als Mittelsmann für mich zu fungieren, Briefe zu empfangen und zu versenden. Gekleidet wie eine katholische Gläubige, traf ich mich mit dem Priester im Anschluss an die Sonntagsmesse in der Sakristei der Kirche. Jedes Mal, bevor er den Jeito in seiner Soutane verschwinden ließ, schlug er ein Kreuzzeichen über den Scheinen, um sie von der Sünde reinzuwaschen.

»Halte dich bereit, es wird dir jemand seine Aufwartung machen, und deine Habseligkeiten gib in meine Obhut«, sprach der Priester eines Tages zu mir. Kopfschüttelnd legte er den Zeigefinger auf seine Lippen, als ich ihn fragend ansah.

Ich fühlte mich elend, litt unter unerträglichen Leibschmerzen und sah mein Ende nahen. Meine Verzweiflung entlud sich bei der Behandlung der Freier mit Sonderwünschen: Mit aller Kraft ließ ich die Peitsche auf sie niederrasseln, ließ sie meine Schreie schreien. Ich wollte nur eins: In Freiheit sterben.

Von Woche zu Woche stiegen meine Zweifel an der Glaubwürdigkeit des Pfaffen, der jeden Sonntag schweigend ein Bündel mit meinen kleinen Kostbarkeiten und die obligatorische Spende in Empfang nahm.

Es war ein kalter Junisonntag, als ich mich nach der Messe in die Sakristei schleppte und wider Erwarten einen Fremden antraf. Ich erschrak, als er mich im vertrauten Jiddisch meiner Heimat ansprach: »Perla, endlich! Rasch zum Seitenausgang, dort wartet meine Kutsche.«

»Samuel?«, fragte ich.

»Ja, ich bin dein Bruder. Wir müssen uns beeilen, morgen läuft unser Schiff aus.«

Vor 55 Jahren, im Juni 1899, wurde mein Traum wahr: Ich war frei! In Texas erwartete mich auch Recha, meine Kusine, die mir beim Abschied aus der Heimat zugerufen hatte: »Auf Wiedersehen in der neuen Welt!«

Von nun an hieß ich Pearl; meine Vergangenheit ruhte unter dem Mantel des Schweigens.

Dir allein, Lea Rose, Enkelin meines in Auschwitz ermordeten Bruders, vertraue ich meine Geschichte an. Dass ich dir begegnen würde, hätte ich nie zu träumen gewagt.

Meerwert

Gerrit Fischer

Der Blick vom Gabicce Monte hinunter auf die Küste und das Meer war auch nach all den Jahren noch beeindruckend. Schweigend saßen wir auf meiner Terrasse und nippten an einem Glas Rotwein. An einem klaren Abend wie diesem konnte man von den Hügeln über Gabicce Mare bis nach Rimini schauen. Auf der einen Seite pulsierte an diesem Sommerabend das Leben, auf der anderen Seite lag das Meer in dunkler Ruhe. Und der Strand war der Übergang dieser beiden unterschiedlichen Welten. In stoischer Gelassenheit ließ der feine Sand die ankommenden Wellen auf sich auslaufen.

»Ach Anton, was für ein schöner Abend. Salute!«, sagte mein bester Freund Matteo und wir stießen miteinander an. Er arbeitete als Notar und kam des Öfteren nach der Arbeit noch einmal auf ein Gläschen bei mir auf dem Hügel vorbei. Ich lebte schon seit über zwanzig Jahren hier oben in meinem Rustico und genoss mittlerweile das süße Leben eines Privatiers.

»Teo, auf uns!«, prostete ich ihm zu. Er seufzte: »Heute war ein anstrengender Tag, meine Mandanten bringen mich irgendwann noch ins Grab. Ich träume davon, dass ich endlich in Rente gehen kann.«

Ich lachte: »Die zwei Jahre schaffst du noch, Teo!«

»Das will ich hoffen. Du lebst diesen Traum schließlich schon seit Jahren. Ich glaube, du hast alles richtig gemacht. Du erfüllst dir all deine Wünsche«, grübelte Matteo. »Es sei dir gegönnt, Amico.« Einige Augenblicke herrschte Ruhe, nur die Brandung unten am Strand war zu hören.

Matteo hatte ja recht. Ich war zufrieden mit meinem Leben und ich versuchte, mir meine Wünsche so gut es ging zu erfüllen. Geld war nicht mein Problem und ich wusste es durchaus zu schätzen, dass ich keine Existenzsorgen hatte. Und doch gab es natürlich auch das Eine oder Andere, was mich bedrückte. Matteos Worte brachten mich zum Nachdenken. »Es gibt Dinge, die ich hätte besser machen können. Und es gibt Wünsche, die ich mir nicht erfüllen kann«, sagte ich schließlich leise.

»Du meinst Elisa?«, fragte Matteo und kniff die Lippen aufeinander.

»Nein, Elisa hat ihr Leben gelebt und wir hatten eine wunderschöne gemeinsame Zeit. Es ist gut, dass sie keine Schmerzen mehr erleiden muss. Mein Wunsch ist es auch, so lange wie möglich gesund zu bleiben und dann friedlich einzuschlafen.«

Matteo runzelte die Stirn und sah mich fragend an: »Was meinst du dann?«

»Ich denke oft an meinen Neffen Frank von Kronenburg. Als er ein kleiner Junge war, hat er viel Zeit bei mir verbracht. Es war eine schöne Zeit. Er war ein guter Junge. Naja, natürlich hatte er irgendwann andere Interessen, aber dann …« Ich nippte an meinem Rotwein und mich überkam eine unangenehme Schwermütigkeit, die mich stocken ließ.

»Was dann?«, fragte Matteo neugierig nach.

»Er hat sich vollkommen verändert. Es zählten nur noch die Karriere, Statussymbole und Geld. Er ist …, ach ich weiß auch nicht! Frank ist ein Unmensch geworden. Vielleicht hätte ich das irgendwie verhindern können. Aber ich hatte keinen Einfluss mehr auf ihn. Seine Schwester hat ab und zu noch Kontakt und erzählt manchmal von ihm. Es tut weh!«

Einen Moment herrschte Stille. Man sah Matteo an, wie er nachdachte. »Mh. Versuch doch mal ihn zu kontaktieren, Anton. Wer weiß …«

»Teo, meinst du nicht, das hätte ich nicht versucht? Er reagiert nicht. Er ist ein Karrieretyp, für den persönliche Beziehungen nur Zeitverschwendung sind. Wahrscheinlich würde er nur reagieren, wenn ich ihm Geld als Gegenleistung bieten würde.«

Wieder schwiegen wir. Die Stimmung war seltsam. Frank war doch im Grunde seines Herzens ein guter Junge, zumindest war er es früher gewesen. Mittlerweile hatte er sich um 180 Grad gedreht, war kaltherzig geworden und nur auf seinen eigenen Vorteil bedacht. Es war schwer für mich zu akzeptieren, dass ich Frank verloren hatte.

»Na, dann sollte ich ihn mal zur Testamentseröffnung einladen«, sagte Matteo und lachte. »Ihm wird ein Erbe als Gegenleistung für einen Besuch avisiert.«

»Noch bin ich nicht tot. Wenn du das bitte noch abwarten würdest. Außerdem habe ich ihn doch längst aus dem Testament gestrichen. Du weißt doch, dass ich alles dem Natur- und Tierschutz vermache.«

»Ich eröffne ihm das Testament, obwohl du noch lebst. Und wenn er erst einmal hier ist, verbringt ihr ein paar schöne Tage miteinander und vielleicht bringt ihn das auf den richtigen Weg.«

»Das ist ungesetzlich, Matteo. Das weißt du doch genau! Außerdem würde er niemals ein paar Tage hier verbringen. Er ist ein Workaholic. Er würde nicht mal für einen Tag kommen. Er hat ja nicht mal Zeit für einen Rückruf.«

Matteo überlegte. »Er braucht mal Zeit zum Nachdenken. Wir müssen ihm Bedingungen stellen, wenn er das Erbe haben will. Und du vererbst ihm einfach die Erkenntnis, dass das Leben nicht nur aus Arbeit und Geldscheffelei besteht. Die kannst du ihm ruhig auch schon zu Lebzeiten hinterlassen. Und was heißt da ungesetzlich? Wir sind immer noch in Italien. Auch wenn durch die ganze Gleichmacherei in Europa die Menschen jetzt auf einmal Helme beim Vespafahren tragen und an Zebrastreifen halten. Porca miseria! Und wenn ich meine Zulassung als Notar verliere, dann kann ich wenigstens jetzt schon meine Rente genießen. Und wenn mir ein paar Euro fehlen, arbeite ich für dich als Gärtner. Alles kein Problem!«

Ich lachte. »Teo, du bist verrückt.«

»Natürlich bin ich das!«, sagte Matteo mit einem breiten Grinsen. »Ich setze da morgen mal was auf, Anton. Aber dafür brauche ich noch einige Informationen.« Ich fand die Idee absurd. Als wenn es so einfach wäre. Aber eine Stunde später hatte ich Teo die ganze Geschichte von Frank und mir ausführlich erzählt und war gespannt, was er mit diesen Informationen anfangen würde.

Drei Tage später trafen wir uns auf einen Caffè in einer Bar auf der Via dell Porto in Gabicce und Matteo präsentierte mir einen gut durchdachten Plan. »Anton, alles ist perfekt organisiert. Ich habe Fausto Marconelli angerufen, du erinnerst dich an ihn? Mein Freund vom Servizio Meteorologico dell'Aeronautica Militare? Er ist zuständig für das Bollettino del Mare und er hat mir gezwitschert, dass er am nächsten Wochenende mit einem heftigen Sturm auf der Adria rechnet. Ist das nicht wunderbar?« Matteo strahlte übers ganze Gesicht und kippte seinen doppelten Espresso hinunter. Ich schaute ihn verdutzt an.

»Ich verstehe nur Bahnhof!«, schüttelte ich den Kopf.

»Bahnhof? Warum Bahnhof? Der Sturm ist auf dem Meer und nicht auf dem Festland, wo die Züge fahren …«

»Teo, das ist eine deutsche Redewendung. Das sagt man so, wenn man etwas nicht versteht!«, unterbrach ich Teo in seinem Redeschwall.

»Ah, du meinst so etwas wie diese Drohung von dir, mir meine Daumen zu brechen?«, fragte Matteo.

»Die Daumen drücken, das bedeutet Glück wünschen!«, nickte ich. »Aber jetzt komm mal auf den Punkt. Was hast du vor, Teo?«

»Allora, ich werde deinen Neffen zur Testamentseröffnung einladen und werde ihm ein Schreiben von dir eröffnen. Ich habe mir die Freiheit genommen, es für dich aufzusetzen. Also, genauer gesagt, habe ich mir die Freiheit genommen, einen Vormittag bei der reizenden Signorina Müller, dieser deutschen Übersetzerin in Coriano, zu verbringen. Oh, Anton, sie sah wieder so umwerfend aus. Ihre langen blonden Haare, mamma mia! Und ihre langen Beinen in diesem kurzen

Rock, oh la la, dazu diese schwarzen Stiefel und ihr wogender …«

»Teo, bitte komm auf den Punkt! Was habt ihr ausgetüftelt? Wie ist dein Plan?«, wurde ich langsam ungeduldig.

»Ah, Anton. Für die schönen Dinge des Lebens muss man sich doch Zeit nehmen. Aber bitte, lies selbst, ich habe dir das Schreiben mitgebracht.« Matteo zückte einen Umschlag und gab ihn mir. Langsam las ich das Dokument:

»Mein lieber Frank, nun hat es mich erwischt und Du wirst darüber nicht weiter traurig sein. Ich habe durch Deine Schwester Deinen Weg verfolgt, Du bist ein, nun ja, Du würdest sagen, erfolgreicher Geschäftsmann geworden. Wollen wir das Mal so stehen lassen. Du weißt ja, dass ich Erfolg anders interpretiere als Du. Aber egal, Du fragst Dich, warum ich Dir ein Erbe hinterlasse. Nun ja, Du bist und bleibst ein Teil meiner Familie. Und ich habe Dich in guter Erinnerung. Zugegeben sind diese Erinnerungen alle aus den ersten fünf Deiner Lebensjahre, aber immerhin. Ich weiß, Du willst jetzt wissen, was der alte Anton Dir vermacht hat und wie viel Geld man daraus machen kann. So einfach will ich es Dir aber nicht machen, mein Junge. Die Erbschaft ist an eine Bedingung geknüpft: Du bekommst mein Erbe erst, wenn Du drei Tage auf dem Meer verbracht hast, auf meiner Lady Luna, die wenige Meter von Dir entfernt vor Anker liegt. Drei Tage und drei Nächte sind viel verlangt für Dich. Und Du wirst versuchen, einen Weg zu finden, diese Bedingung zu umgehen. Wie schön, dass es heutzutage mit einigen Hilfsmitteln möglich ist, Deine Tricks auszuschließen. Ich wünschte, ich könnte jetzt dabei sein. Du wirst schäumen und wahrscheinlich sofort wieder abreisen. Für diesen Fall habe ich vorgesorgt und Dein Erbe wird einer Naturschutzorganisation zufallen. Tja, wird es sich lohnen oder nicht? Das ist ein Spiel, welches Du gar nicht magst, mein Junge. Diesen Spaß hat sich Dein alter Onkel noch gegönnt. Glaube mir, die Vorstellung hat mir meine letzten Stunden sicherlich noch versüßt. Während ich diese Zeilen verfasse, weiß ich bereits, dass ich nicht mehr lange zu leben habe. Ich habe noch versucht, Dich zu erreichen, aber Deine Sekretärin wollte mich nicht durchstellen und es kam kein Rückruf von Dir. Egal, das interessiert Dich sowieso nicht. Dich interessiert das Erbe und davor steht nun einmal Deine Aufgabe. Vielleicht blicke ich ja von oben herab und kann mich an Deiner Reaktion erfreuen. Die ganzen rechtlichen Dinge und Einzelheiten hat mein Freund Matteo in einem Schreiben noch einmal zusammengefasst. Wir wollen ja nicht, dass Deine Anwälte meine Idee zerstören werden, nicht wahr? Ach ja, da ist auch geregelt, dass Du auf jegliche technische Ausstattung außer dem On-Board-GPS-Gerät verzichten musst. Du sollst ja schließlich auch mal abschalten, mein Junge.«

Unglaublich, auf was für Ideen Matteo so kam. Ich fand das Schreiben äußerst amüsant.

»Hört sich gut an, Teo. Aber meinst du, drei Tage auf dem Meer werden so einen wie Frank zu einem besseren Menschen werden lassen? Ich bezweifle, dass das klappt!«, merkte ich skeptisch an.

Matteo hatte uns inzwischen zwei Campari Soda auf Eis kommen lassen und setzte sein Glas ab. »Anton, dieser Frank kommt nicht zum Nachdenken. Der ist gefangen in seinem Hamsterrad, der nimmt das Leben nicht mehr wahr. Drei Tage sind lang und das Meer hat eine magische Kraft. Auf dem Meer spürt man das Leben, man fühlt die Natur. Da draußen findet eine Bewusstseinserweiterung statt. Das Meer nimmt Besitz von dir und deine Seele wird von seiner Aura …«

»Ja, ja, Teo, jetzt übertreib mal nicht maßlos. Aber du hast schon recht, das Meer ist ein guter Ort, um mal über sich und sein Leben nachzudenken«, stimmte ich grinsend zu.

»Und dann kommt da noch der Sturm, Anton. Das wird eine richtig tolle Grenzerfahrung für deinen Frank werden. Er wird um sein Leben fürchten. Der Sturm wird fürchterlich. Und er ist auf dem alten Kahn alleine da draußen auf dem

Meer!« Teos Augen blitzten vor Freude und er freute sich so, dass sich seine Mundwinkel dem Glas Campari anpassten, das er ansetzte.

Ich schüttelte den Kopf. »Nein, Teo, das geht nicht! Ich bringe ihn nicht in Gefahr. Das ist gefährlich und wir haben keinen Einfluss darauf, wenn etwas passiert!«

Hastig schluckte Teo und stellte sein Glas ab. »Eh, ich habe längst mit Obama telefoniert, die NSA überwacht die Mission, da kann gar nichts passieren!«

Ich seufzte auf. Teo brachte mich manchmal zur Weißglut, wenn er seine Geschichten zu Märchen ausbaute und heillos übertrieb. Nie konnte man einschätzen, was er ernst meinte und was seiner grenzenlosen Fantasie entsprang. Noch bevor ich ein Wort sagen konnte, beschwichtigte mich Teo mit einer Geste, die bedeuten sollte, ich solle mich doch bitte wieder beruhigen.

»Okay, es war nicht Obama. Ernesto, der Schwager vom Bruder von Loretta, du weißt doch, der in San Marino in diesem riesigen Elektromarkt arbeitet, der baut morgen eine Überwachungskamera und einen Peilsender ein. Alles so gut wie unsichtbar, aber sicher. Alles kein Problem, Anton!«, strahlte Matteo schon wieder voller Vorfreude.

Ich musste erneut seufzen. »Teo, das können wir doch nicht machen.« Ich schlug die Hände über meinem Kopf zusammen.

»Natürlich können wir. Es ist für einen guten Zweck. Wir bringen ihn auf den richtigen Weg. Wir sind Wohltäter! Du bist Franks persönlicher Dalai Lama, seine Mutter Theresa, sein Mahatma Gandhi, sein …«

»Onkel!«, holte ich Teo wieder auf den Boden zurück.

»Wie auch immer: Wir sind Helden, Anton! Alles ist gut. Alles kein Problem, Anton!«

Frank nach Italien zu locken, gestaltete sich schwieriger als erwartet. Aber die Neugier meines Neffen Frank von Kronenburg und die Aussicht auf ein wertvolles Erbe ließen ihn tatsächlich das Flugzeug besteigen, welches ihn zum Aeroporto Internationale Federico Fellini in Rimini brachte. Ernesto sprang an seinem freien Tag gerne als Fahrer der gemieteten schwarzen Limousine ein und fuhr Frank von Rimini an den Hafen von Riccione, wo Matteo ihn begrüßte:

»Benvenuto, Signore von Kronenburg! Schön, dass Sie den Weg ins herrliche Riccione gefunden haben. Lassen Sie uns die Einzelheiten in einem der besten Fischrestaurants der Stadt besprechen. Ich habe Ihnen außerdem für heute Nacht ein Zimmer im Hotel Savioli Spiaggia reserviert, beides ist hier in unmittelbarer Nähe des Hafens.«

Im Restaurant angekommen reagierte mein Neffe ungeduldig, als Matteo sein Talent zu aus- und abschweifendem Reden freien Lauf ließ. Erst nach drei Flaschen Wein hatte er Frank endlich meinen Brief übergeben. Ich wartete gespannt auf den Anruf von Matteo und fragte mich, wie Frank wohl darauf reagiert hatte. Als mein Telefonino endlich klingelte, konnte ich es kaum abwarten, doch Teo blieb sich wieder einmal treu: »Anton, du glaubst es nicht! Der Wahnsinn! Einfach nur unglaublich! Eine Sensation! Der Coda di rospo war wieder einmal ein Traum. Und stell dir vor, als Dessert hat Massimo mir eine Combinazione aus Profiterol und Tiramisù kredenzt. Ach, was war das wieder lecker. Und als Wein habe ich ...«

»Matteo!!! Wie hat Frank reagiert?«, unterbrach ich ihn abrupt.

»Wer? Ah, Frank. Ich glaube, ihm hat es auch geschmeckt, aber so richtig angemerkt hat man es ihm nicht. Zumindest hat er alles aufgegessen und ...«

»Teeeeo!!! Mir ist egal, wie es ihm geschmeckt hat! Wie hat er auf den Brief reagiert?«, entgegnete ich ungehalten. »Arschloch hat er dich genannt, um es auf den Punkt zu bringen! Ich verstehe ja eure ganzen deutschen Flüche nicht so gut, aber er ist wild schimpfend ins Hotel gestampft. Ich habe ihn gebeten, mich anzurufen, wenn er sich entschieden hat. Ob er das in seiner ganzen Verärgerung mitbekommen hat, bezweifele ich aber. Dieser Mann ist wirklich alles andere als sympathisch, Anton. Dabei hat es bei Massimo so gut geschmeckt. Der Coda di rospo ...«

Ich schüttelte den Kopf und seufzte: »... war wieder mal ein Traum. Ich weiß, ich weiß. Teo, ruf mich an, wenn es Neuigkeiten gibt. Buona notte!«

Am nächsten Morgen saß ich gerade auf der Terrasse und las die Zeitung, als sich Teo wieder meldete. »Der Fisch hat angebissen, Anton. Er hat die Bedingungen akzeptiert und ist bereits auf großer Fahrt. Ich habe ihm einige Konservendosen samt Öffner und abgepackte Croissants in die Kajüte gelegt. Außerdem noch ein paar Flaschen schlechten Billigwein. Wobei es gar nicht so einfach, den zu bekommen. Allegro kam seiner Beratungskompetenz nicht gerade nach, als ich mich bei ihm nach einem richtig üblen Roten erkundigt habe. Er führe so etwas nicht, hat er behauptet, aber dann habe ich ihm doch noch drei Flaschen seines katastrophalsten Rotweins für 1,99 Euro abgeschwatzt. Aber Allegro ...«

»Teo!«

»Ja, ja, ist ja gut. Dein Neffe hat sich aufgeregt, dass die Lady Luna nur ein kleines altes Boot ist und keine Yacht, wie er wohl erwartet hatte. Ich habe ihm sein Telefonino abgenommen. Er ist jetzt da draußen mit sich und der Welt allein. Die Kamera funktioniert einwandfrei. Wusstest du eigentlich, dass dieser feine Anzugträger in der Nase bohrt, wenn er sich unbeobachtet fühlt? Und, tja, wie soll ich es sagen? Ich habe da noch so eine Vermutung, aber das sind ungesicherte Erkenntnisse, Anton. Ich will da nichts behaupten, was ich nicht beweisen kann. Vor Gericht hätte ich keine Chance mit diesem Plädoyer. Wobei ich es wirklich vermute, es gibt Indizien, aber wie gesagt, ich bin nicht sicher.«

»Teo, sag schon, was vermutest du?«

»Ich glaube, er furzt. So von der Körperhaltung her gehe ich davon aus, weißt du? Wir haben keine Mikrofone an Bord versteckt, ich fand das übertrieben. Dann hätten wir Beweise. Aber gestern Abend der Coda di rospo, also auch bei mir ...«

»Teo, ist gut. So wichtig ist es mir nicht, das alles zu erfahren. Er ist jetzt also unterwegs? Und er hat keine Möglichkeit Kontakt mit der Außenwelt aufzunehmen?«, fragte ich nach.

»Genau so ist es, Anton«, antwortete Teo endlich einmal präzise auf meine Frage.

Ich verbrachte an den Folgetagen eine Menge Zeit in der Kanzlei Dottore Matteo Cremonesi und schaute mir die Livebilder von Bord der Lady Luna an. Vor allem der tatsächlich eingetretene schwere Sturm setzte meinem Neffen ziemlich zu. Doch ich hatte den Eindruck, dass er mit zunehmender Dauer an Bord eine gewisse Ruhe und Gelassenheit bekam. Am letzten Tag sah ich ihn sogar zum ersten Mal seit seiner Kindheit wieder lachen. Nach drei Tagen machte er sich wieder auf den Weg zurück in den Hafen von Riccione und Teo wartete in der Hafenbar direkt an der Mole auf ihn.

Aus sicherer Entfernung schaute ich mir an, wie Frank mit der Lady Luna am Hafenkanal anlegte. Teo half ihm, das Boot festzumachen und auf die Mole zu klettern.

»Dottore, das Unwetter hat mich fast umgebracht. Aber stellen Sie sich bloß vor: Ich habe sogar Delfine gesehen«, berichtete Frank aufgeregt.

»Unwetter? Wir hatten hier kein Unwetter. Und Delfine? Die sind sehr selten in der Adria«, entgegnete Teo, »aber es gibt sie hier häufiger als jene Geschöpfe, die als etwas anderes wiederkommen, als das, was sie waren, bevor sie aufs Meer hinausgefahren sind.«

Frank grinste, legte seine Hand auf Teos Schulter und nickte: »Es war anders, als ich es vermutet hatte.«

Matteo kam, ganz entgegen seiner Art, schnell zum Wesentlichen und fragte: »Wollen Sie das Testament jetzt lesen?«

Frank nickte: »Ja, gerne!« Die beiden nahmen an einem Tisch der Hafenbar Platz. Matteo orderte zwei Caffè und gab Frank einen Umschlag. Gemächlich öffnete Frank diesen und las das Testament:

»Hiermit vermache ich meinem Neffen, Frank von Kronenburg, die Erfahrung, dass das Leben nicht nur aus Profitgier und Egoismus besteht, sondern so vielseitig und schön sein kann, dass es ein Jammer wäre, die falschen Prioritäten zu setzen. Weiterhin erhält er ein Vorkaufsrecht auf meine alte Lady Luna, die er zum überteuerten Preis von 50.000 Euro erwerben kann. Der Verkaufserlös geht an den nachfolgend aufgeführten Naturschutzverein ...«

Frank fing laut an zu lachen und konnte damit gar nicht mehr aufhören. Er schaute in den Himmel, reckte die Hände nach oben und rief: »Danke Onkel Anton!«

Mittlerweile stand ich neben dem Tisch und sagte mit Tränen in den Augen: »Frank, das kannst du mir auch persönlich sagen. Ich lebe!«

Erschrocken entglitten Frank alle Gesichtszüge. »Anton! Anton! Das ist ..., das gibt's doch gar nicht, Onkel Anton!« Wir nahmen uns in den Arm und drückten uns. Viel konnten wir uns nicht sagen in diesem Moment.

Frank brachte nur ein einziges Wort hervor: »Danke!«

Eigentlich hatte ich es nicht für möglich gehalten, aber Frank hatten die einsamen Stunden auf dem Meer tatsächlich dazu gebracht, über grundsätzliche Dinge im Leben nachzudenken.

»Weißt du, ich war wie in einer Spirale gefangen und bin Zielen nachgerannt, die es nicht wert waren. Ich habe nichts mehr hinterfragt, hatte gar keine Zeit mal wirklich nachzudenken oder die Gedanken schweifen zu lassen. Ich kann das alles selbst nicht fassen!«, sagte er mir am nächsten Tag.

Mitunter reicht es eben, sich mal frei zu machen vom Alltag und sein Leben zu überdenken. Ich hatte den Glauben an das Gute im Menschen wiedergefunden. Manchmal sitzt es tief verborgen und es bedarf einiger Mühe aktiviert zu werden. Niemand ist verloren. Nichts ist verloren. Vielleicht wird die Welt ja irgendwann eine Welt, wie wir sie uns wünschen. Die Hoffnung darauf kann uns niemand nehmen. Das alles hat sich vor fünf Jahren ereignet. Längst wohnt Frank mit seiner Frau und den Kindern in meinem Haus auf dem Gabicce Monte. Und ich? Ich bin vor drei Jahren friedlich eingeschlafen, ganz so, wie ich es mir immer gewünscht habe.

Meerzeit

Mein Name ist Frank von Kronenburg. Ich möchte Ihnen von meinem Leben erzählen. Es ist eine ungewöhnliche Geschichte. Aber ich habe mich ja auch für einen sehr außergewöhnlichen Lebensentwurf entschieden.

Ich war vielleicht zwölf, dreizehn Jahre alt, als ich mit meinem Onkel Anton einen Urlaub an der Cote d'Azur verbrachte. Ich war fasziniert von den Schönen und Reichen, die abends in den noblen Fischrestaurants am Meer speisten und tagsüber Ausflüge auf ihren riesigen Yachten unternahmen. Als ich wieder zuhause war, ließen mich die Erinnerungen an diese Erlebnisse nie los. Und sie weckten den Ehrgeiz in mir.

»Nur die richtig Fleißigen werden belohnt! Wer fleißig ist, wird reich. Wer faul ist, wird arm«, sagte mein Klassenlehrer immer wieder, um uns anzuspornen. Bei mir haben sich diese Worte im Kopf festgebrannt. Ich setzte alles daran, ein sehr guter Schüler zu werden und als ich dann das Abitur mit Auszeichnung bestand, war eines für mich klar: Ich musste weiter fleissig sein. In mir war längst ein Plan gereift, den ich mit niemandem teilte. Er war mein Geheimnis. Ich hatte mir vorgenommen, mein Leben einfach in zwei Teile aufzuteilen: Der erste Teil bestand aus Fleiß und Erfolg. Ich wollte bis zu meinem 40. Geburtstag so viel Geld verdient haben, dass ich den zweiten Teil meines Lebens nicht mehr arbeiten musste und mich nur noch den schönen Dingen des Lebens widmen konnte.

Entsprechend wenig ließ ich mich während meines Studiums ablenken und dann war es irgendwann so weit: Ich verdiente endlich richtig gutes Geld. Alles ordnete ich meinem

Ziel unter. Ich arbeitete nicht selten 14 Stunden am Tag, hatte kaum private Kontakte und nutzte rücksichtslos jede Möglichkeit, um mehr Geld zu verdienen. Mein Gewissen und Mitgefühl hatte ich vollkommen ausgeschaltet. Und wenn ich abends in meinem Bett lag, dann konnte ich im Wissen beruhigt einschlafen, dass mich eine herrliche zweite Lebenshälfte erwarten würde, in der ich für all die Entbehrungen belohnt werden würde.

Zwei Mal kam ich ins Grübeln, ob diese zweifelsfrei sehr extravagante Lebensplanung denn wirklich das Richtige für mich sei. Einmal hatte ich mich in eine Frau verliebt. Sie passte so gar nicht in meinen Entwurf, meine Gefühle für sie ließen mich weich werden. Ich arbeitete weniger, ich spürte wie mein Hunger auf Geld geringer wurde. Nach wenigen Wochen merkte ich, dass ich mich entscheiden musste. Und ich entschied mich gegen sie.

Um diesen Verlust zu kompensieren, arbeitete ich noch härter, noch rücksichtsloser und ich verhandelte noch offensiver mit meinen Vorgesetzten über mein Gehalt, Boni und Prämienzahlungen. Schnell hatte ich den Ruf, auch das Unmögliche für die Firma möglich machen zu können. Als Unternehmensberater machte ich meinen Auftraggebern und mir die Taschen voll, meist auf Kosten der Arbeitnehmer, denen ich Lohnkürzungen zumutete oder sie gleich ganz wegrationalisierte. Mir waren die Schicksale dieser Leute vollkommen egal. Es war mein Job und das Ganze hatte schließlich einen Grund: Mit 40 wollte ich aufhören zu arbeiten. Da blieb nicht viel Zeit, um auszusorgen.

Aber ich war nicht mehr der gleiche Mensch wie damals in meinem Urlaub mit Onkel Anton. Mein großer Traum, mein Lebensziel, diese verrückte Idee, das Leben in zwei Hälften zu teilen, lag in den letzten Jahren nicht mehr so klar vor mir wie am Anfang. Immer mehr war ich gefangen in dieser Spirale des Erfolgs. Und offenbar hatte sich meine Persönlichkeit mit der Zeit auch verändert.

Eines Tages erzählte mir meine Sekretärin, dass ein Notar aus Italien angerufen hatte. Es ging um irgend ein Erbe. Ich wimmelte sie wie üblich ab. Aber dann wurde ich doch neugierig. Schließlich erinnerte ich mich, dass mein Onkel Anton seit einiger Zeit in Italien lebte. Ich hatte zu ihm schon lange keinen Kontakt mehr. Er war ein toller Mensch, aber genau deshalb war es zu gefährlich, Kontakt zu ihm zu halten. Er hätte mir meinen Lebensentwurf ganz sicher zunichte gemacht.

Das Erbe von Onkel Anton! Meine Neugier siegte und ich nahm doch noch Kontakt mit dem geheimnisvollen Anrufer auf. Es war Antons Notar und er erklärte mir, ich müsse nach Italien kommen, um mehr zu erfahren. Ich reagierte ungehalten und wenig freundlich. Denn diese Erbschaft zeigte mir, welche Opfer ich mir und anderen mit dieser wahnwitzigen Idee zugefügt hatte. Onkel Anton war tot. Und die Zeit mit ihm hatte ich einfach verpasst. Meine Kälte anderen Menschen gegenüber war der Preis, den ich zahlen musste. Ich hatte meine Seele verkauft. Und war gar nicht mehr so sicher, ob ich jemals wieder in der Lage sein würde, ein guter Mensch zu sein. Ich flog nach Rimini und wollte es so schnell wie möglich hinter mich bringen. Alles an diesem Termin erinnerte mich daran, wie schäbig ich mich gegenüber meinem Onkel verhalten hatte.

Der alte Anton hatte offenbar ein feines Gespür dafür, was mir gut tun würde. Und die drei Tage, die ich als Bedingung für das Erbe auf dem Meer verbringen musste, haben bei mir Wirkung gezeigt. Denn meine Idee erschien mir da draußen auf dem Wasser wieder glasklar vor Augen. Ja, das war es, was ich wollte: Leben!

Im Sturm wurde mir bewusst, wie absurd meine Lebensplanung doch war. Als könne man das Leben kontrollieren. Dabei konnte jeder Tag der letzte sein. Was war ich doch nur für ein Idiot!

Ich habe Anton von meinem Lebensentwurf nie erzählt. Er hat sich die beiden Jahre, die wir noch miteinander hatten, immer so darüber gefreut, dass er mich auf den richtigen Weg gebracht hat. Er ist als glücklicher Mann gestorben. Und ich lebe nun den Tag, denn ich weiß:

Heute ist der erste Tag vom Rest meines Lebens.

Alte Sünden

Marlene Geselle

Ich sollte nicht hier sein auf der Krebsstation, niemand sollte hier sein. Aber ich bin es nun einmal und muss sehen, wie ich meine letzten Wochen nutze. Bitte bedauert mich nicht, davon habe ich nichts.

Auf dem Flur ist es still. Zu dieser nachtschlafender Stunde döst selbst die Krankenschwester ein wenig, warum auch nicht. Schichtdienst ist scheiße und verschleißt den Menschen. Aber ich will jetzt nicht von kaputter Gesundheit reden, von harten Jobs und davon, welche Fehler man besser andere machen lässt. Da bin ich kein guter Ratgeber.

Fehler. Mein schlimmster Fehler liegt mehr als zwanzig Jahre zurück und zeigt noch heute Wirkung. Natürlich nicht direkt, aber indirekte Wirkungen sind die wirklich miesen. Und sie treffen diejenigen, die wir am meisten lieben, am meisten schützen müssen.

Mein Bettnachbar schläft den Schlaf des Gerechten, wenn man das sagen kann bei der Menge Morphium, die regelmäßig in seinem Tropf landet. Tagsüber ist er nur noch stundenweise klar im Kopf. Ich muss mich zwingen, nicht ausgerechnet jetzt drüber nachzudenken. Darius, so heißt er, ist mein ganz persönliches Menetekel.

Den Jogger lasse ich an, schlüpfe in meine alten braunen Slipper. Super leise Sohle, aber fest genug zum Autofahren.

Das Krankenhaus hat keinen Nachtportier. Der Nachteil, dass ich nicht einfach zum Haupteingang raus und rein kann, ist heute mein Vorteil. In dieser Nacht sollte man mich wirklich nicht beim Rumgeistern erwischen. Der Lift bringt mich ins erste Kellergeschoss. Von dort aus geht es durch den

Lieferanteneingang ins Freie. Es sind nur wenige Schritte bis zur Haltestelle. Unsere Busse fahren rund um die Uhr alle zwanzig Minuten.

Freitagabend und eine wunderbar laue Frühlingsnacht. So tief, wie ich nur kann, atme ich ein und aus. Schon immer habe ich den Duft von Narzissen geliebt. Meiner Klara habe ich das Versprechen abgenommen, welche auf mein Grab zu setzen. Sie wird es tun, und das ist in einer solchen Nacht ein echter Trost. Schade, dass sie jetzt nicht bei mir sein kann, aber das wäre zu gefährlich. Der Bus kommt, ich steige ein, lasse mich auf einen Sitz nahe dem Ausgang plumpsen. Der Fahrer ist müde und desinteressiert. Spätestens in einer Stunde hat er mich vergessen und denkt nur noch an seinen Feierabend. Ich erinnere mich an meine eigenen durchgearbeiteten Nächte und gönne ihm den verdienten Schlaf.

Wie ein Fremder stehe ich im eigenen Vorgarten, schaue nach links und rechts. Keiner da, keiner sieht mich. Sehr gut. Unser Wagen steht auf dem Stellplatz, im Haus ist es dunkel, alle schlafen schon. Der Schlüssel hängt an meinem Bund. Am liebsten würde ich jetzt reingehen, mich ins eigene Bett legen und meiner Klara beim Schlafen zusehen. Aber das geht jetzt nicht. Ich muss ins Auto steigen und endlich losfahren.

Die Villa liegt im Dunkeln, still und friedlich wartet sie darauf, dass ihre Bewohner am Sonntagabend zurückkommen. Auf Familie Joachim Conrads wartet ein Penthouse in der Landeshauptstadt. Ich mache mir nicht die Mühe, den Wagen irgendwo in der Nähe zu parken, ich benutze den Besucherparkplatz.

Mein Schlüsselbund ist schwer, aber sein Gewicht hat mich noch nie gestört. Schließlich ist es offiziell ein Zeichen von Zuverlässigkeit und Vertrauenswürdigkeit, anderer Leute "Sesam öffne dich" anvertraut zu bekommen.

Eine halbe Minute später stehe ich im Flur, zwei Minuten

später vor dem Computer des Hausherrn. Es ist der Dienstrechner, der hier im Privathaus nichts zu suchen hat.

Als ich das Gerät hochhebe und nach dem Zettel fische, erwische ich mich beim Grinsen. Dumm, faul und chaotisch: Der alte Joachim wie man ihn kennt! Und das ist gut so, wenigstens für mich. Rechner hochfahren, Passwort eingeben, den USB-Stick, der an meinem Schlüsselbund hängt, einstecken. Ich bin vom Fach, unsere Firma ist europaweit führend bei Datenverschlüsselung und Schutz vor Computermanipulation von außen. Der Rest ist in wenigen Augenblicken erledigt. Für meine Effizienz wurde ich schon als Schüler gelobt. Nur mit Worten, nie mit Taten. Stipendium und Hauptrollen in der Theater-AG waren für die anderen. Mir wurde die Rolle des Zuarbeiters aufgezwungen.

Zwei Minuten später stehe ich wieder vor meinem alten Opel, drehe mich noch einmal zu dem Haus um, das ich nie wieder betreten werde. Aufatmen, losfahren, entspannen.

In mein Krankenhausbett gelange ich auf demselben Weg, wie ich nach draußen gekommen bin. Bettnachbar Darius lächelt leise im Schlaf; ich wünsche ihm schöne Träume von seiner Frau, dem Häuschen und der Werkstatt, die er sich im Laufe der Jahre eingerichtet hat. Bitterkeit kommt hoch, nur für einen Moment. Was wird aus meinem eigenen Hobbyraum?

Montag am späten Vormittag, der Untersuchungsmarathon ist beendet, ich kann mich ein wenig ausruhen. Darius hat sich auf die andere Seite gelegt, schweigt und liest. Selber starre ich gegen die Zimmerdecke. Was ist noch zu tun? Was kann ich anderen überlassen? Zweifel am Erfolg meines Planes durchhuschen meinen Hirnkasten, aber ich erlaube ihnen nicht, sich festzusetzen. Klappt alles, ist es prima, klappt es nicht, ist nichts verloren, weder für mich noch für meine Familie. Habe dafür gesorgt, dass sie unantastbar sind.

Laute, ärgerliche Stimmen auf dem Flur: Schwester Martha und – Joachim. Ich verschlucke mich an meinem Lachen, kann gerade noch so tun, als hätte ich einen Hustenanfall zu bewältigen, als er ins Zimmer poltert. Mein Besucher knallt sogleich seinen Dienstrechner auf den kleinen Tisch, den die Krankenhausverwaltung rein gestellt hat, damit es hier nicht nur nach Abstellkammer für Patienten ausschaut. Statt einer Begrüßung blafft mich Joachim an: »Mensch, wo hast du dich den ganzen Morgen rumgetrieben? Meinst du, es macht Spaß, dich hier in dem Kasten zu suchen?«

»Joachim, ich hatte dir schon vor zwei Wochen explizit meine Krankenhaustermine mitgeteilt.«

Keine Antwort darauf, habe ich auch nicht erwartet. »Was verschafft mir denn die Ehre deines Besuches?«, erkundige ich mich. Dabei höflich zu bleiben fällt mir nicht schwer; Übung macht den Meister. Beim Aufstehen vom Bett lasse ich mir Zeit, beobachte, wie Joachim derweilen den Firmencomputer hochfahren lässt und eine der Programmdateien öffnet. Während ich mich auf dem zweiten Besucherstuhl niederlasse, beobachte ich den Mann, der mein Vorgesetzter ist, früher einmal mein Freund war. Wir duzen uns noch immer, das ist Vorschrift in der Firma. Was wir insgeheim denken, ist unsere Privatsache, interessiert nicht.

Das Notebook lässt sich Zeit, die winzigen Kontrolllampen neben dem Einschaltknopf flackern. Der Rechner geht ins Internet, holt Emails ab, tut sonst was, alles ohne den Benutzer zu stören, wie es sein soll. Ein verstohlener Blick auf die Zimmeruhr, und ich muss ein Grinsen runter schlucken. Er merkt nichts! Aber selbst wenn, der Vorgang, eingeleitet durch das Hochfahren des Rechners, ist nicht mehr zu stoppen.

»Die Beta-Version, die wir bei Müller System Bau aufgespielt haben, hat sich heute Morgen aufgehängt und konnte bis jetzt noch nicht wiederbelebt werden. Beim Kunden rechnet man damit, dass das Problem schnellstens behoben wird«, kommt er gleich zur Sache.

Ich muss schlucken. Nicht wegen des Softwarefehlers beim Kunden, sondern wegen der Art und Weise, wie Joachim mit mir umspringt. Aber einen Wimpernschlag später schimpfe ich mich einen Narren, weil ich mich noch immer über den Burschen ärgere.

»Soll ich den Chirurgen bitten, mir eines seiner Skalpelle zu leihen, damit ich das fehlerhafte Stück Software herausschneiden kann?«, frage ich mit einer Sanftheit in der Stimme, die jeden Drehbuchautor für drittklassige Krimis zu Freudenschreien animiert hätte.

Joachim glotzt mich blöde an. Für einen kurzen Moment versteht er wirklich nicht, was ich meine. Nach dem Verstehen kommt die Gleichgültigkeit.

Bei mir nicht. Mit einer Lautstärke, die ich mir selber nicht mehr zugetraut habe, brülle ich ihn an: »Wir sind hier auf einer Krebsstation! Hier gibt es Infusionen, Ärzte und Mitarbeiter, die nie wieder zurück ins Büro kommen. Kapier das endlich!«

Joachim verzieht sein Gesicht, als hätte ihm jemand zwei Scheiben Zitrone statt nur eines schmalen Streifens in sein Whiskyglas getan. »Nun, mein lieber Martin, dann erwarte bitte nicht von mir, dass ich mich weiterhin für dich einsetze. Der Krug geht bekanntlich solange zum Brunnen, bis er bricht.«

»Amen.«

Jetzt hat es mich doch erwischt, meine Beine streiken. Schwester Martha, von Darius gerufen, hilft mir ins Bett, deckt mich zu. Ich ärgere mich wieder einmal mehr über mich als über Joachim. So langsam gewöhne ich mich an die Vorstellung, dass meine letzten Gedanken auf dieser Welt welche sein werden, die sich um ihn drehen. Wenn es andere sind, als die jetzigen, soll es mir recht sein.

»Dr. Schmidt hat beim Portier angerufen; ihr sauberer Vorgesetzter wird keinen Fuß mehr in dieses Krankenhaus setzen«, reißt mich Schwester Martha aus meinen Gedanken.

Ich lächele dankbar und schaue zu, wie sie leise den Raum verlässt. Es sind Frauen wie diese, die einem die bitteren Stunden versüßen. Ein erneuter Blick auf die Uhr an der Wand sagt mir, dass die Früchte meiner nächtlichen Arbeit bereit für die Ernte sind.

»Es geht mich ja nichts an, Martin«, meldet sich Darius mit leiser Stimme, »aber was meint der Kerl mit dem Krug und dem Brunnen?«

Ich hole tief Luft, versuche, den Sachverhalt möglichst nervenschonend zu formulieren. Darius ist schließlich mein letzter Kumpel und wegen seiner Familie depressiv. Wegen Joachim soll er sich nun wirklich nicht aufregen.

»Er sprach von meiner Entlassung. Bei längerer Erkrankung kann man bekanntlich gekündigt werden, wenn die Weiterbeschäftigung für die Firma unzumutbar wird. Bis jetzt hat man mich noch nicht rausgesetzt, weil ich noch gebraucht werde. Na, den Rest hast du ja gerade erlebt, Darius.«

»Auch nicht schlecht!«, brummt er. »Die Nachbarn und meine Bagage kommen seit Wochen alle naselang zu meiner Ella, um Sachen aus meiner Werkstatt zu leihen. Nichts findet wieder heim. Die Penner könnten wenigstens warten, bis ich den Löffel abgegeben habe!«

Ich bin froh, dass die Schwesternschülerin mit dem Mittagessen kommt und ich nicht über Plünderer und noch atmende Leichen nachdenken muss.

Montagnachmittag, Sonnenschein, aber eine weinende Frau. Joachim hat seine Drohung wahr gemacht und an der richtigen Strippe gezogen. Ein Werksbote hat die Kündigung bei uns abgegeben und sich den Empfang quittieren lassen. Aber meine Klara ist stark, sie wird sich die Rechtsschutzpolice schnappen, zum Anwalt gehen und den letzten Cent rausholen. Für die Seele, nicht wegen des Geldes.

Es klopft höflich-energisch an der Tür. Ein Mann tritt ein: dunkler Anzug, weißes Hemd, mittelalte Aktenmappe. Den Juristen sieht man ihm auf hundert Meter Entfernung an. Jansen, wie er sich vorstellt, ist der neue Justitiar der Firma, für die ich seit wenigen Stunden nicht mehr arbeite.

»Sie verstehen, dass ich mich über Ihren Besuch wundere,

Herr Jansen«, lasse ich keinerlei Höflichkeitsgeplänkel aufkommen. »Es gehört doch kaum zu den anwaltlichen Gepflogenheiten, den Gegner am Krankenbett aufzusuchen statt dessen Rechtsbeistand anzurufen.«

Der Mann schluckt säuerlich, dann setzt er sich unaufgefordert auf einen der Besucherstühle, wirft sein Jackett auf mein Bett, knallt die Aktentasche auf den kleinen Tisch. Liest er die falschen Psychologiebücher oder ist er einfach nur frech? Ich tippe auf einen Ratgeber für Einschüchterungstaktik. Der Anwalt ist wegen einer Verschwiegenheitsverpflichtung gekommen, erklärt er, die ich unterschreiben soll. Den Wisch sehe ich mir erst gar nicht an, sondern werfe den Burschen raus. Kaum ist die Tür zu, wird es laut auf dem Flur. Dr. Schmidt und Schwester Martha machen aus ihren Herzen keine Mördergruben. Hausverbot die Zweite, registriere ich. Schadenfreude – und Hunger.

Montagabend, es gibt Schinkenschnittchen zum Nachtmahl. Darius und ich gönnen uns noch ein kleines Alkoholfreies vom Krankenhauskiosk und gucken Nachrichten: Der Abhörskandal um die Kanzlerin weitet sich aus, Oscarverleihung mit vielen wunderschönen Damen und dann: »... nach einem anonymen Hinweis wurden Kinderpornos auf dem Firmenrechner eines bekannten Softwarespezialisten für Datensicherheit im Netz ...«

Darius schnappt nach Luft, verschluckt sich am Bier und weist mit der Rechten auf den Fernseher: »He, Martin, bin ich verrückt oder ist das der Bursche, der dir heute Vormittag die Hölle heiß machen wollte?«

»Ja, Darius, das ist Joachim Conrads, du irrst dich nicht. Bisher dachte ich immer, der Chef würde sich mit Schnaps und billigen Schlampen begnügen. Kinderpornos habe ich dem nie zugetraut.«

Darius setzt sich auf, schaut mich eine Weile schweigend an und fragt mit leiser Stimme. »Willst du reden? Du weißt, ich bin kein Tratschmaul.«

Nur für einen Moment zögere ich, gebe mir dann einen Ruck. Darius ist ein lieber Kerl und wir werden einander brauchen in den nächsten Wochen. Also fange ich an, vom gemeinsamen Studium, vom ersten Job in derselben Firma, von dem Verbesserungsvorschlag, den Joachim aus meinem Schreibtisch gestohlen und unter eigenem Namen eingereicht hatte.

»Willst du mir nicht erzählen, was heute Nacht los war?«, fordert mich Darius zum Weiterreden auf. »Ich konnte in der letzten Nacht stundenlang nicht schlafen, und du warst fort. Als du wiederkamst, hast du dich hochzufrieden ins Bett fallen lassen.«

Ich weiß, dass ich ihm alles sagen kann, rede weiter, horche dabei in meinen Körper hinein. Müdigkeit, noch keine Entspannung, noch keinen Frieden. Weiter geht es mit der Beichte. »Damals habe ich natürlich Krach geschlagen. Aber dann hat Joachim gejammert, dass ich dauernd meine fachliche Überlegenheit raus kehren und ihn bei jeder Gelegenheit blamieren würde. Der Betriebsrat setzte sich für ihn ein, er wurde lediglich nach Hamburg versetzt, statt entlassen. Ich war so blöde, den Mund zu halten, statt meine Rechte einzufordern, ließ mich mit einem Geschenkkorb abspeisen. Vor einem, zwei Jahren kam er zurück, als neuer Abteilungsleiter.«

Darius setzt sich neben mich aufs Bett, reicht mir seinen Flachmann. Ich frage ihn nicht, wie er ihn reingeschmuggelt hat, nehme einen Schluck und rede weiter. »Seit langem bin ich ehrenamtlich als Schöffe tätig. Vor ein paar Monaten hatten wir einen Fall mit Kinderpornos; ich bekam das Material zur Einsicht auf DVD, das ist üblich in solchen Fällen. Vorige Woche halste mir Joachim seinen Haustürschlüssel auf, weil er in Urlaub fahren wollte. An dem Tag kam mir die Idee, von meinen Kenntnissen Gebrauch zu machen. Den Rest kannst du dir denken.«

»Nicht alles«, meint Darius, reicht mir wieder den Flachmann. »Warum hast du dem Burschen erst jetzt was angehängt und nicht schon vor Jahren? Ich hätte dem ein heißes Wiedersehen beschert, das kannst du mir glauben.«

Ich lasse wieder einen kleinen Schluck Cognac durch meine Kehle rinnen und genieße jeden Tropfen. Oft werde ich keinen mehr bekommen. »Unsere Söhne waren Studienfreunde und Kollegen bei einem Praktikum, bewarben sich später um dieselben Jobs. Da musste ich die Füße still halten. Aber dann hat der Joachim das Gerücht verbreitet, dass mein Krebs erblich ist, dass mein Sohn nicht alt wird.«

Darius drückt mir erneut den Flachmann in die Hand, fordert mich auf, weiterzutrinken. Morgen kommt seine Frau zu Besuch und schafft Nachschub für uns ran, erklärt er mit einem Augenzwinkern.

Ich muss an meine Frau denken und an den Apfelkuchen, den sie gestern für die Schwestern gebacken hat. Nein, ich habe noch nicht alles erledigt, das wird mir jetzt klar. Aber es ist noch Zeit genug.

»Mir ist da was eingefallen, wegen deiner habgierigen Sippe, falls du Interesse hast«, sage ich zu Darius.

Der nickt mit fragendem Gesicht, wobei sich sein Gesicht verdüstert.

»Es gibt da ein Schmiermittel für Kleinmaschinen und Elektrowerkzeug, das vom Markt genommen werden musste, weil es ein völliger Versager war. Wer damit seine Sachen einölt, kann gleich alles in den Müll werfen. Zuerst wird das Öl heiß, dann blitzschnell gummiartig. Bitte frage mich nicht, warum. Alles, was beweglich ist, frisst sich fest. In meinem Hobbyraum müsste noch eine Dose davon zu finden sein. Nächstes Wochenende bist du doch zu Hause Darius, magst du nicht mal mit deiner Frau rüberkommen zu uns?«

Darius stutzt zuerst, lacht dann leise und prostet mir zu. »Auf unsere Frauen – und auf Schwester Martha.«

Langsam lehne ich mich in meine Kissen zurück, atme tief. Jetzt habe ich wirklich alles erledigt. Für meine Familie ist gesorgt, Joachim Conrads kann keinen Schaden mehr anrichten, auch Darius muss nicht mehr erleben, wie man alles Verwertbare aus dem Haus schleppt. Und morgen gibt es Kuchen und einen kleinen verbotenen Schluck.

Keine Schmerzen, Ruhe, beinahe Frieden.

Reisen, der ewige Wunsch zu schweben

Bernd Lange

> „*And she'll fly, fly, fly, fly, fly, fly, fly, fly …*"
> (Tracy Chapman)

> „*We fly so close …*"
> (Phil Collins)

Prolog

Goldener Herbst, wie er im Buche steht.

Wie er im Buche steht? Ein geflügeltes Wort, ein geflügelter Satz. Doch ich habe kein Buch vor mir, in dem über den goldenen Herbst geschrieben steht.

Septembersong. Heiter, beschwingt. Ich stehe am Fenster meiner kleinen Mansardenwohnung, im obersten Stockwerk, schaue über die Dächer der gegenüberliegenden Häuser, an den Schornsteinen vorbei, den Hang auf der westlichen Seite des schmalen Tales, in dem sich der Stadtteil meines Wohnortes gedrängt an Straßen und Gassen und Plätzen quält, hinauf. Das Laub der Sträucher, mehr noch, der Bäume hinten am Hang, dessen Baumwipfel eine fließende Linie zum sanftblauen Himmel zeichnen, leuchtet im Spätnachmittaglicht der Sonne, die uns von morgens an einen im wahrsten Sinne des Wortes goldenen Tag beschert hat. Von einer noch angenehm wärmenden Sonne, die sich in etwa einer Stunde hinter dem grünlich, gelblich, rötlich strahlenden Hang zur verdienten Abendruhe begeben wird.

Ich lese den goldenen Herbst in einem Bild. In dem Bild, das mir mein Blick aus dem Fenster beschreibt. Am Himmel kleine Schleierwolkenfetzen, einige sich schwerfällig verbreiternde Kondensstreifen, die sich teilweise genau so bedächtig wieder auflösen, manchmal auch bizarren Zick-Zack-Linien folgen, weiter hinten sich überkreuzen ... sie formen das Bild zu einer Komposition. Wenn man genau hinsieht, zu einem Bild mit Worten, Zeichnungen und Noten, die eine Geschichte erzählen. Eine Geschichte über den goldenen Herbst, wie er für mich in keinem Buche steht.

In meinem Bild von meinem Fenster aus lebt die Bewegung. Doch sie erscheint nicht aus den Schornsteinen, die schon die Ausdünstungen einer künstlich produzierten Wärme ablassen müssen. Auch die Bäume im Hintergrund sehen keine Veranlassung, im sanften Wind zu schaukeln, zu schwanken. Und der Himmel verändert ebenfalls kaum sein Aussehen, ihm gefällt sein derzeitiges Spätsommerkleid. Lediglich die Sonne zeigt, dass Leben auf unserer Erde ist, dass die Erde lebt. Wir drehen uns, wenn auch unmerklich, immer weiter im Kreis.

Es ist eine ganz besondere Bewegung, die mein Bild modelliert, immer wieder neu choreographiert. Ich bin mir sicher, nicht mehr allzu lange, nur noch wenige Tage, dann lösen sich diese schnellen Abläufe, die das Bild ständig verändern, auf. Es sind die letzten Tage der Schwalben – Ornithologen werden mich gleich verbessern, dass es Mauersegler, die schwalbenähnlich, jedoch nicht mit ihnen verwandt sind – doch ich bleibe bei meinen Schwalben, die in Kürze ihre spannende Reise in den Süden antreten werden. Antreten? Anfliegen ist das bessere Wort.

Den ganzen Sommer über hatte ich ein lebendiges Bild vor mir, jeden Abend, manchmal auch tagsüber, wenn ich aus meinem Fenster schaute. Unermüdlich, elegant, in gewagten Flugbahnen umsegeln meine Schwalben Schornsteine, stürzen sicher um Häuserecken, halten virtuos die Linie der Häuserfluchten, kreisen mal schwungvoll, dann schlagen sie abrupte Winkel vor der Silhouette des Himmels, immer auf der Suche nach anderweitig fliegender Nahrung. Oft genug, wenn das Blau des Himmels uns heiße Sommertage bescherte, waren sie lediglich weit oben als schwarze Punkte zu erkennen. Dann wieder auf Augenhöhe mit mir, wenn sich, wie jetzt, die Natur auf eine wohltuende Erfrischung freuen konnte, navigieren sie in der einzigartigen Form eines Vogels mit Schwalbenschwanz.

Meine Schwalben? Doch, ja, irgendwie sind es meine Freunde geworden, die mich jeden Tag erfreut haben, die ich jeden Tag bewundern konnte bei ihren Flugkünsten, über ihre Kunststückchen, die sie in der Luft vollbringen. Eine dieser Künstlerinnen wurde zu meiner ganz besonderen Freundin. Ich bin mir sicher, dass es immer dieselbe Schwalbe ist, obwohl sie sich in keinster Weise von ihren Kolleginnen und Kollegen unterscheidet. Und ich bin mir genau so sicher, dass auch ich zu ihrem Freund geworden bin. Immer, wenn ich abends an meinem Fenster stand und die Stunde der langsamen Veränderung, vom hektischen Herunterbrechen des Alltags zum beruhigenden Erahnen der Allnacht, den nicht zu beschreibenden Zwischenraum, weil er nur erlebt werden kann, in mich aufgesogen habe, hat sie mich besucht, meine Freundin. Auf ihre Art, nicht wie eine Amsel, die auf einem Antennenmast sitzend ihr Abendlied moduliert, nicht wie eine Taube, die auf einem Dachfirst gurrend auf sich aufmerksam macht, nicht wie ein frecher Spatz, der es trotz meines Anblicks im geöffneten Fenster wagt, in den Blumentöpfen, aus denen südländische Kräuter um die Wette gedeihen konnten, wenn sie nicht immer wieder von mir für die Zubereitung eines köstlichen Mahls gestutzt worden sind, schimpfend in den grünen Stengeln und Blättern pickt oder mit seinem Schnabel in der noch nicht gegossenen Erde wühlt. Auch nicht wie eine Meise, die geschwätzig mit ihren gefiederten Kolleginnen und Kollegen ständig unruhig von Ast zu Ast in den Sträuchern im Vorgarten flattert und hüpft. Schwalben, auch wenn sie eine vollendete Ruhe ausstrahlen, fliegen unaufhörlich, kreischen bei jedem halsbrecherisch geformten Flug, finden keine ruhige Minute, weder beim Segeln in großen Bahnen oder beim Schwingen in kleinen Kreisen, noch beim kurzen Ausruhen auf einer möglichen oder unmöglichen Sitzfläche, meist nur für Bruchteile von Sekunden festgekrallt an einer Hausmauer oder unter einem Dachvorsprung.

Meine Freundin fliegt, wenn sie mich sieht, bedenklich nahe an meinem Fenster vorbei, kreist fortwährend in für Schwalben verhältnismäßig engen Flugkurven vor meinen Augen, verändert kapriolenartig ihre Flugrichtung von einer Sekunde zur anderen, immer wieder aufs Neue, zeigt mir gewagte akrobatische Bravourstücke im freien Fall, die sie am kritischen Punkt souverän auffängt. Ihr Tanz im freien Raum ... Sie begrüßt mich, sie besucht mich, sie unterhält sich mit mir, sie gibt mir zu verstehen, dass sie sich freut. Und, ich sehe es ihr förmlich an, sie ist auch ein wenig stolz, jemandem diese Choreographien aus ihrem Leben erzählen zu können.

Ich unterhalte mich gerne mit meiner Schwalbe. Ich schaue ihr interessiert zu, beobachte jede ihrer Bewegungen vor meinem Fenster, lächle ihr zu, oft winke ich ihr hinterher, manchmal hebe ich mein Glas, wenn ich meinen wohlverdienten Abendtrunk, der in der untergehenden Sonne seine genau so goldgelben, seine goldenen Lichtreflexe bricht, genieße. Ganz nahe fliegt meine Freundin an mir vorbei, würde ich meinen Arm ausstrecken, könnte ich sie berühren. Doch sie weiß, dass ich mich auch so darüber freue, wenn sie mich besucht; dass ich sie gerne habe. So wie sie sich darüber freut, dass ich ihr jeden Abend einen Besuch abstatte, mit ihr liebend gerne darüber rede, was wir beide tagsüber unabhängig voneinander erlebt haben.

Unsere tägliche Stunde. Die nun bald zu Ende gehen wird. Der goldene Herbst, eine Zeit des Umbruchs, unweigerlich. Meine Freundin geht auf die Reise, fliegt auf die Reise, fliegt dorthin, wo weiterhin ein Sommerwind mit ihren Flügeln spielt. Ich bleibe da und sehe Tag für Tag, wie sich die Sonne immer früher hinter dem gegenüberliegenden Hang versteckt, nicht mehr die Kraft hat, den näher rückenden Novemberblues, die Sonetten des Winters aufzuhalten. Die Erde macht da nicht mehr mit, mit dem Sommer, in unseren Breitengraden, mit ihrem nicht enden wollenden Um-die-eigene-Achse-Drehen.

Ich spüre, ich sehe, ich höre, ich fühle, ich merke, wie unsere tägliche Stunde nur noch eine Frage der Zeit ist. Die Antworten meiner Freundin beschreiben ihre Reise in ferne Länder, der Sonne, dem Äquator entgegen, über Felder, Wälder, Wiesen, über Berge, die schon ihr weißes Winterkleid tragen, über Täler, in denen sich blaue Wasserbänder ihren weiten Weg zum Meer bahnen, ein kurzes Stück über hellen, leuchtenden Sand, dann ganz ganz lange über ewige Wellen, in denen weiße Schaumkronen in tiefem Blau das gleißende Licht der Sonne auffangen. Ihre Reise folgt weit oben über den Spuren der Karawanen, ihre Augen ruhen einen Moment auf den eng aneinander stehenden Palmen an einer Wasserstelle, danach wieder stunden-, tagelang nichts als weißer Sand, bis Savannen, Feuchtsavannen das Ende ihrer langen Reise ankündigen. Sie dann eines Tages ihre neue, alte Heimat in den subtropischen Regenwäldern wiedergefunden hat, begrüßt wird von ihren neuen, alten Freunden, die sie im Frühjahr für einige Monate verlassen hatte.

Ich folge den Worten meiner Freundin, fliege in Gedanken mit. Am Anfang erzählt sie ihre bevorstehende Reise mit viel Freude, in euphorischer Stimmung, ich höre ihr von Tag zu Tag mit mehr Wehmut, mit mehr Traurigkeit, mit mehr Trauer zu, weiß ihr gegenüber keine Antworten mehr, habe nicht mehr viel zu sagen. Was soll ich auch erzählen? Vom bevorstehenden Winter, den ich selbst nicht mag und von dem meine Schwalbe nichts weiß? Von der Tristesse, dass ich meine liebgewonnene Stunde am Fenster ohne meine Freundin gar nicht mehr erleben möchte, dass das Bild, das ich sehe, erstarrt, verharrt, leblos wird?

Ich schweige lieber, das wiederum meine Schwalbe traurig macht. Ihre Worte werden ruhiger, ihre Bewegungen haben nicht mehr die Leichtigkeit des Sommers, ihnen fehlt der Swing des goldenen Herbstes.

Am nächsten Tag ist sie abgereist. Und mit ihr alle anderen. Ihren Weg in eine neue Zukunft vor Augen. Ihre letzten Worte, vielleicht hießen sie „komm mit", vielleicht lauteten sie auch „leb wohl", habe ich nicht mehr verstehen können, sie gingen im prasselnden Regen, der heute Nacht kalt an die Fensterscheiben klatschte, verloren.

Ideologem

Septembersong. Tragend, melancholisch. Ich stehe am Fenster meiner kleinen Mansardenwohnung, im obersten Stockwerk, schaue über die Dächer der gegenüberliegenden Häuser, an den Schornsteinen vorbei, den Hang auf der westlichen Seite des schmalen Tales, in dem sich der Stadtteil meines Wohnortes gedrängt an Straßen und Gassen und Plätzen quält, hinauf. Das Laub der Sträucher, mehr noch, der Bäume hinten am Hang, dessen Baumwipfel eine fließende Linie zum grautrüben, verregneten Himmel zeichnen, hängt traurig und nass im diffusen Licht des Spätnachmittages, das weder hell noch dunkel ist, an einem Tag, der bereits trostlos auf den kommenden Winter aufmerksam macht. In den frühen Morgenstunden müssen sie wohl abgereist sein, die Schwalben, die den ganzen Sommer über mit ihren fliegenden Kapriolen das Bild vor meinem Fenster belebt haben. Ein schönes Bild, ein leichtes Bild, Sommerserenade, es ist vergangen.

Ich wäre gerne mitgeflogen, mit den Schwalben, der Sonne, dem Äquator entgegen, in ferne Länder, über fremde Landschaften. Über Felder, Wälder, Wiesen, über Berge, die schon ihr weißes Winterkleid tragen, über Täler, in denen sich blaue Wasserbänder ihren weiten Weg zum Meer bahnen, eine kurzes Stück über hellen, leuchtenden Sand, dann ganz ganz lange über ewige Wellen, in denen weiße Schaumkronen im tiefen Blau das gleißende Licht der Sonne auffangen. Hätte sie gerne auf ihrer Reise begleitet, weit oben über den Spuren der Karawanen folgend, für einen Moment beim Blick auf die eng aneinander stehenden Palmen an einer Wasserstelle ruhend, um dann wieder stunden-, tagelang über nichts als weißen Sand zu schweben, bis Savannen, Feuchtsavannen das Ende ihrer langen Reise ankündigen. Wenn sie dann eines Tages ihre neue, alte Heimat in den subtropischen Regenwäldern wiederfinden, begrüßt werden von ihren neuen, alten Freunden, die sie im Frühjahr für einige Monate verlassen hatten. Ja, ich wäre gerne dabei.

Das Glück des Fliegens? Reisen, der ewige Wunsch zu schweben, der Erde zu entfliehen. Die Schwalben nehmen mich mit, ich fliege mit ihnen auf ihrer Reise in den Süden, auf ihrer Reise zwischen Wachen und Schlafen, zwischen Denken und Schauen. Ich entfliehe der Erde, schwebe in etwas hinein. Ist es Luft? Ist es ein schwereloser Raum? Es ist die Leere der Luft, eine Leere von gewaltiger Kraft, die mich trägt. Ich schwebe in dem großen, unsichtbaren Ozean Atmosphäre, ohne den kleinsten Wellenschlag zu spüren.

Die Schwalben haben ihre Flughöhe erreicht. Ich bin dabei. Der Himmel über mir ist immer noch unendlich hoch. Und doch ist er zum Greifen nahe. Ich spüre seinen Atem, höre das gleichmäßige Geräusch, das Schlagen seines Herzens. Die Erde unter mir hat sich ins Nichts aufgelöst, ist unsichtbar. Ich bin unsichtbar, meine Gedanken sind frei.

Im ersten Morgenblauen kommen wir an. Unter uns das dichte, undurchdringliche Laubdach des tropischen Urwaldes. Die Schwalben, meine unzähligen Begleiter auf meiner langen Reise, landen auf den herausragenden Spitzen des dunkelgrünen Dickichts. Ganz kurz nur, um gleich wieder ihre Kreise und Bahnen zu fliegen. Und ich? Eine kleine, lichte Stelle in den Massen von Kapokbäumen, in den Myriaden von Sapotillbäumen mit ihren Marbri-Früchten, in dem Getümmel von Guavenbäumen zieht mich magisch an, gibt mir ein Willkommenszeichen, fängt mich auf. Dichtes, weiches Moos ist es, das mich wieder unten, auf der Erde, empfängt. Der Garten Eden? Ein dichter Tropenwald, über dem bis auf den lichten Fleck kein Stück des Himmels zu erkennen ist. Einige der riesigen Kapokbäume ragen aus dem grünen Urwalddach, die ihre Standfestigkeit ihren ausladenden Brettwurzeln verdanken, hin und wieder einer der wuchtigen Elefantenbäume, auf denen zahllose Schmarotzerpflanzen ihr Auskommen haben. Gleich daneben wachsen Affenbrotbäume mit ihnen um die Wette, ohne dass es jemals einen Gewinner geben wird.

Im Gegensatz zu den Schwalben bin ich eingetaucht in die grüne Trunkenheit eines unbekannten, verschlungenen Urwaldes. Meine Augen wandern durch Stachelannonen, baumgroße Farne, weiße Kotelette, die riesenhaften Lianen, die sich an allem entlanghangeln, staunen über das Parasitendasein der Pflanzen, die alle miteinander auszukommen scheinen und sich dennoch unmerklich einen erbitterten Kampf ums Überleben liefern. Bewundere die Orchideen mit ihren Luftwurzeln, die Bromelien, in deren Blättern sich das Wasser sammelt. Ich höre der Musik des Urwalds zu, glucksendes Wasser, ungewohntes Vogelgekreische, krachende Äste, die dumpf auf den weichen Boden fallen. Die Schwalben bekommen von all dem Schillernden, Farbenfrohen, von den trägen Bewegungen einer eigenen Welt nichts mit. Sie schweben darüber, zwischen dem undurchlässigen Schirm einer dunkelgrünen Dschungellandschaft und dem weiten, makellos blauen Himmel. Sie haben mich vergessen.

Eine schwüle, feuchte Hitze macht mich träge. Ich sitze auf einem abgestorbenen, riesigen Baumstumpf, der dennoch lebendig ist, der lebt, atmet, arbeitet. Auf dem sich Straßen abzeichnen, die unermüdlich in Bewegung sind. Straßen, die keinen Namen tragen, die keine Hinweisschilder brauchen, in denen nachts keine Laternen Licht geben. Straßen, an deren Kreuzungen keine Ampeln den Verkehr regeln, auf denen es keine Bürgersteige gibt, keine Bordsteine, über die man stolpern kann. Tag und Nacht, rund um die Uhr, ist auf diesen Straßen ein immerwährender Strom von Tausenden und Abertausenden, die sie beleben, bevölkern, in denen es in alle Richtungen unermüdlich vorangeht. Ohne sich anzurempeln, anzuschubsen, anzustoßen. Höflich, zuvorkommend, gegenseitig respektierend. Ein buntes, farbenprächtiges Bild, ein bewegtes, beeindruckendes Bild, ein friedliches, anmutiges Bild. Ich schaue auf die schönsten Straßen, die es auf unserer Erde gibt, die Straßen der Blattschneiderameisen.

Sie erscheinen als Bild auf der Fensterscheibe in meiner kleinen Mansardenwohnung, auf die der prasselnde Regen klatscht und in tristen Bahnen abwärts läuft.

Sturmtänzer

Herr LjÐmann

Zeichen am Himmel.
Glytja blickt aus dem milchigen Fenster der Universität und sieht ein Muster in den Wolken. Heute Abend wird es einen Sturm geben.
Eine Tür wird aufgerissen.
»Der Nächste bitte!« Der Professor für Zoologie tritt in den Korridor, in dem noch andere Studenten auf ihre Konsultation warten. Rasch erhebt sich Glytja und eilt in sein Büro. Auf seinem Schreibtisch liegt das Exposé ihrer eingereichten Forschungsarbeit auf dem Ablagestapel.
»Frau Hreggmod, endlich haben Sie es auch mal geschafft, Ihr Exposé einzureichen.«
Ängstlich setzt sie sich.
»Darüber wollte ich mit Ihnen sprechen.« Unsicher springt ihr Blick über sein Gesicht. Er nickt.
»Was halten Sie von diesem Thema? Über den Orientierungssinn der Bartenwale? Ich habe die Vermutung, dass sie sich an Wetterphänomenen und den Sternen orientieren, kurz: am Himmel.«
Sie sucht in seinen Augen Zustimmung. »Wird es bewilligt?«
Er seufzt auf, dann ist es lange still. Glytja klemmt ihre langen Finger unter ihre Beine.
»Schwierig. Kaum Literatur, wenige Experten und Ihnen muss klar sein, dass Sie für den praktischen Teil Forschungsdaten auf einem Expeditionsschiff sammeln müssen.«
Jetzt bricht Glytja der Schweiß aus. Das wird ihre Großmutter niemals zulassen.
Sie bedankt sich und verlässt deprimiert das Büro. Es beginnt zu nieseln, als sie sich auf den Weg nach Hause macht.

Dort angekommen, hört sie ihre Oma bereits im Hausflur trällern: »Just a little bit of Green…« Sie tänzelt ihr entgegen und zerquetscht sie liebevoll in der Eingangstür.
»Morgen wirst du 25! Ist das zu fassen?«
Glytja lacht angestrengt. »Ja, einfach unglaublich…«

Später im Bett hört sie den nächtlichen Sturm. Sie schläft nicht und das liegt nicht daran, dass sie sich auf ihren Geburtstag so sehr freut. Stattdessen kreisen ihre Gedanken unruhig:
›Wenn ich nicht auf die Forschungsreise gehe, bekomme ich keine Daten. Keine Daten bedeuten keine Abschlussarbeit. Keine Abschlussarbeit bedeutet noch ein weiteres Semester studieren. Oma hat kein Geld für weitere Studiengebühren. Ich werde exmatrikuliert. Exmatrikulation bedeutet den Tod. Die Forschungsreise kann aber auch meinen Tod bedeuten. Was ist, wenn das Schiff in einen Sturm gerät und ich gehe über Bord? Ich würde ertrinken. Oma wird mich drängen, ein anderes Thema zu nehmen, damit ich nicht gehe. Aber welches? Ich habe nur dieses. Ich weiß, dass Wale und der Himmel irgendwie zusammengehören. Ich muss sie sehen und sie studieren. Wenn ich nicht auf die Forschungsreise gehe, ist das mein Ende.‹
Glytja erwacht morgens erschöpft aus dem Halbschlaf. Schlürfend bewegt sie sich in die Küche.
»Alles Gute zum 25. Geburtstag!« Ihre Omi singt ihr ein peinliches Ständchen und stellt ihr einen Kaffee hin. Glytja reagiert nicht.
»Nicht gut geschlafen?« Glytja zuckt mit den Schultern. »Ich habe hier was, das wird dich aufheitern.« Die Oma huscht aus der Küche und kommt mit einem Umschlag wieder. Jetzt doch neugierig, packt Glytja ihn aus: Es ist eine Karte für das Delfinarium.
»Oma, du bist einfach die Beste!« Glytja drückt sie dankend an sich, schlingt ihr Frühstück herunter und zieht eilig ihre Bluse an. Jetzt ist ihre Laune tatsächlich gestiegen.

Die Vorstellung beginnt, Glytja sitzt in der ersten Reihe. Delfine rasen galant durch das viel zu kleine Becken. Springen durch Reifen, spritzen Wasser über den Rand und winken mit den Flossen.

Nach dem Vorstellungsende sieht Glytja die Delfine liebevoll durch die Glaswand an.

»Du magst die Tiere, oder?« Eine schlanke Frau mit Kittel und einer graublauen Brille steht neben ihr.

»Ich mag Delfine.« Glytja lächelt. »Wale aber liebe ich.«

»Schon mal welche in Freiheit gesehen?« Verschmitzt schaut sie Glytja an.

»Nein, ich kann nicht, weil ...« Die Frau winkt ab.

»Egal was Sie vorbringen wollen. Wenn Sie sie wirklich lieben würden, gäbe es keine Ausreden.« Ohne abzuwarten, dreht sich die Frau auf ihrem Keilabsatz um und schreitet davon. Baff und etwas verärgert schaut Glytja hinterher.

Zuhause erzählt sie nichts von ihrer motivierenden Begegnung, um ihre Oma nicht zu beunruhigen. Stattdessen schreibt sie eine Bewerbung für eine Expedition. Sie arbeitet die ganze Nacht. Sie ist nicht müde oder erschöpft. Sie brennt. Als sie mit allem fertig ist, fliegt sie beinahe in die Uni. Sie ist die Erste, die das Bewerbungsschreiben abgibt.

Jeden Tag holt Glytja die Post, bevor ihre Oma sie lesen kann. Als der Bescheid endlich da ist, reißt sie ihn stürmisch auf und hält die Luft an.

»Blablabla ... Willkommen auf dem Forschungsschiff RV Osk.« Ein Jubelschrei entfährt ihr.

Ihre Oma schleicht neugierig in den Flur und schaut über ihre Schulter. Überfliegt den Brief in Sekunden. »Ist das eine Zusage auf einem Forschungsschiff?«

Erst jetzt erkennt Glytja ihren Fehler. Wortlos nickt sie. Im Gesicht ihrer Oma spiegelt sich unendliche Enttäuschung.

»Hast du vergessen« – kurzzeitig versagt ihr die Stimme – »was mit deinen Eltern auf einem Forschungsschiff geschah?«

Sie schüttelt den Kopf. Wie eine Schraubzange packt ihre

Oma Glytja bei ihren knochigen Schultern. »Ihr Schiff kenterte bei einem Sturm!« Ihre Stimme wird lauter. «Sie sind ertrunken!« Ihre alten Augen schwimmen. Glytja schweigt.

»Wenn du gehst, brauchst du nicht wiederzukommen!« Schockstarr blickt sie ihrer Oma ins zerknitterte Gesicht. Erst jetzt fällt ihr auf, dass sie eine neue Brille trägt. Es ist ein graublaues Modell.

Die Worte fallen wie von selbst aus ihrem Mund.

»Ich werde gehen. Ich will Wale sehen.«

Die ganze Woche fällt kein Wort in der Wohnung. Traurig verlässt Glytja das Haus. Da sie zu spät dran ist, muss sie ein Taxi zum Hafen nehmen. Sie hastet zum Anlegeplatz und betrachtet beeindruckt das zwölf Meter lange Schiff. Schüchtern spricht sie jemanden an, der gerade die letzten Kisten an Deck lädt. »Entschuldigen Sie bitte« das Crewmitglied hebt den Blick, etwas Graublaues blitzt auf. Es ist die Frau aus dem Delfinarium.

»Da sind Sie ja endlich!« Energisch nimmt sie Glytjas Hand. »Ich bin Dr. Eva Spöhk, ich werde die Expedition leiten. Sie sind zu spät!«

Glytja erwidert den Händedruck schwach. »Es tut mir leid, ich ...«

Dr. Spöhk unterbricht sie brüsk. »Räumen Sie Ihre Ausrüstung unter Deck, wir legen ab.«

Unsicher betritt Glytja die Planke zum Schiff. Das Wasser platscht unruhig, Möwen kreischen, der Wind heult. Glytja denkt an Jahrmärkte und Karussells, Luft- und Schiffsschaukeln, Riesenräder und Achterbahnen. Der schreckliche Gedanke, dass sie seekrank werden könnte, drängt sich ihr auf. Sehnsüchtig wirft sie den Blick zurück an Land und erblickt das grüne Auto ihrer Oma am Hafen. Erschrocken bleibt sie auf der Planke stehen. Sie vermisst ihre Oma und ihr ist schlecht. Langsam dreht sie sich vom Schiff weg. Läuft wieder an Land.

»Wo wollen Sie hin?« Dr. Spöhk rumpelt ihr entgegen.
»Ich kann nicht. Ich glaube, ich muss kotzen.« Sie krümmt sich.
»Na und?« Dr. Spöhk stemmt die Arme in die Hüften. »Seekrank wird man meistens nur bei Stürmen!« Sie hockt sich hin und lächelt: »Stürme gibt es aber nicht so oft.«
Glytja nickt, ihr Blick berührt das Land. Das Auto ihrer Oma ist verschwunden. Sie atmet tief ein, wappnet sich innerlich. Ihre Beine sind aus Pudding, ihr Blut ist irgendwo, nur nicht in ihrem Körper. Die letzten Meter nimmt sie kaum wahr, wohl aber den ersten Schritt an Deck.
Sie ist angekommen.

Die RV Osk sticht in See. Glytja steht am Bug, saugt die salzige Luft ein, schmeckt den Geruch von blausilbrigem Fisch. Ihre Arbeit an Bord besteht aus dem Säubern des Decks, der Beaufsichtigung von Maschinen oder dem Putzen von Messinstrumenten.
Das Schiff schaukelt dabei ungleichmäßig, das Meer ist wild und graublau, die Weite unendlich, der Wind eisig nass. Glytja ist oft kalt. Manchmal ist sie sehr müde. Am zweiten Tag übergibt sie sich auf die Messinstrumente und wird in das ärztliche Behandlungszimmer geschickt. Dort geht es ihr nicht besser; das Erbrechen hält tagelang an. Im Zimmer liegt eine weitere Patientin, die Glytja lethargisch beobachtet. An einem Tag, Glytja weiß nicht der wievielte, an dem sie schon daran denkt, einfach über Bord zu gehen und mit der dunkelblauen Masse zu verschmelzen, wird sie von ihr angesprochen.
»Von wegen Seekrankheit nur bei Stürmen, was? Dr. Spöhk, ich meine, meine Mutter, neigt zu untertreiben.« Sie grinst. Glytja mag sie sofort.
»Ich bin Stella.« Die Zwei geben sich die Hände. »Glytja.«
Die nächsten Tage ist es nicht mehr still im Zimmer. Sie erfährt, dass Stella Luft- und Raumfahrttechnik studiert hat. Als der Navigatorenposten der RV Osk neu besetzt werden musste, kam durch ihre Mutter eins zum anderen.

»Auf dem Meer sieht man die Sterne am besten. Ich kenne den Himmel auswendig.« Bei diesen Worten vergisst Glytja, sich zu übergeben.

»Ich habe die Vermutung, dass der Orientierungssinn der Wale sich auch am Himmel ausrichtet!«

Stellas Gesicht strahlt auf. »Geile Idee! Wie bist du darauf gekommen?«

Sie erzählt von ihrer Begabung, Wetterprognosen zu erstellen, erklärt ihre These, ihre Beweise und Vermutungen. Die hitzigen Debatten über die Fehler innerhalb der Forschungsarbeit heilen beide von der Seekrankheit.

Einige Tage später ist die RV Osk an ihrem Bestimmungsort angekommen. Glytja wälzt sich nach einem langen Tag unruhig in ihrer Koje. Genervt steht sie auf. Sie lehnt sich über die Reling und starrt auf das Wasser, in dem sich die Sterne spiegeln.

Ein blaugrauer, silbrig schimmernder Schatten gleitet knapp unter der Wasseroberfläche hinweg, er ist riesengroß und schnell, in perfekter Symbiose mit dem Sternenmeer. Glytja begreift: Ein riesiger Wal ist unter ihrem Boot hinweg getaucht. Rennend folgt sie dem Schatten bis zur Bootsspitze, möchte schreien und allen Bescheid sagen, doch stecken ihr vor Aufregung die Worte im Hals fest. Er ist fast nicht mehr zu sehen, als sich Glytja losreißen kann und aufgeregt die Crew weckt. Sie nehmen die Verfolgung auf und machen die Peilsender einsatzbereit. Glytja steht am Bug, umkrallt die Reling, ihre Haare peitschen wild um ihr Gesicht. Sie wirft einen Blick in den Himmel und weiß: Der Wal schwimmt in die Richtung eines Sturms. Sie sagt niemandem etwas. Sie folgen ihm eine Weile und Glytja kann es kaum erwarten, ihn richtig zu sehen. Ihr Körper verkrampft regelrecht vor Enttäuschung, als sie sich eingestehen muss, dass sie ihn verloren haben.

Der Wind wird stärker, der Himmel dunkler, das Schiff schaukelt sich auf. Erst jetzt berichtet Glytja von ihrer Beob-

achtung des Himmels und ihrer Wetterprognose. Stella und ihre Mutter geben ihr recht, streiten sich aber anschließend, was jetzt zu tun sei. Schließlich übergibt sich Dr. Spöhk über die Reling und Glytja sieht furchtbar klar:
Der Sturm ist schon da.

Die Crew sichert panisch die teure Ausrüstung. Stella fliegt in den Steuerraum und befiehlt Glytja, ihr zu helfen, das Schiff aus dem Sturm zu navigieren. Verzweifelt versucht sie das Ruder zu halten. Glytja schreitet ein und wirft dabei einen Blick auf den Kompass.
»Warum nach Nordwesten?«
»Weil diese Route am schnellsten weg vom Sturm führt!«
»Stella« Glytja packt sie an den gebräunten Armen. »Dazu ist es bereits zu spät! Wir müssen warten, bis er über uns hinwegzieht.«
Giftig reißt sie sich aus Glytjas Griff. »Ich wette, du wusstest das schon vorher!« Das schlechte Gewissen packt Glytja. Vor dem Schiff türmen sich die Wassermassen zu einer monströsen Welle auf. Zitternd blickt Stella aus dem Fenster, »Ach du Scheiße!« Sie lässt das Ruder los und taumelt ängstlich ein paar Schritte zurück. Glytja sieht die Welle und ist keinen Moment zu spät, als sie an das Ruder springt. Sie schafft es, das Schiff mit einer Beschleunigung in die Welle zu bringen und bis zum Wellenkamm zu treiben. Danach drosselt sie die Geschwindigkeit und gleitet ins Wellental. Auch bei der nächsten Welle navigiert sie rechtzeitig. Der Kampf zwischen Schiff und Sturm dauert eine grausame halbe Stunde.

Als Meer und Himmel zur Ruhe kommen, tritt die verängstigte Stella an das Fenster heran. Keine weiteren Monsterwellen. Glytja steht steif am Ruder. Sie muss ihr helfen, ihre festgebissenen Finger vom Steuer zu lösen.
»Danke.« Glytja reibt sich ihre blauweißen Finger.
»Ich habe zu danken. Du hast uns alle aus – oder besser durch den Sturm gerettet.« Stella grinst ihr herrliches Lachen

und umarmt sie stürmisch, nur wenige kostbare Sekunden, denn bald tönt es von den Decks:
»BLAUWAL!«

Glytja springt aus Stellas Umarmung und stürzt sich an die Reling, ihr Körper lehnt sich der See entgegen. Unruhig huschen ihre Augen über die grauen Wellen, tasten sie ab, gehen hoch und runter. Dann sieht sie das Tier.
Blaugrau, ein Hauch Silber, aus einer anderen Welt, faszinierend und umwerfend. Sanfte, kraftvolle Bewegungen, geschmeidig; ein riesiger Tänzer im Weltallmeer. Als er ihrem Boot näher kommt, wird er langsamer. Die Crew huscht aufgeregt über das Deck und schaltet die Kameras an. Jeder hält den Atem an, als der Wal seitlich ihres Bootes eine halbe Wendung vollführt. Ein nasses, neugieriges Auge blickt sie an. Fasziniert starrt Glytja in das unendliche Walauge, sucht eine Seele, etwas vertrautes, Menschliches, findet aber nur die gespiegelten Sterne und den dunklen Himmel. Als sie genauer hineinsieht, erkennt sie sich selbst, sieht die Zeichen und versteht.

Sie reißt sich vom wundervollen Anblick des Wals los und stürmt zurück in den Steuerraum.
»Wir sind im Auge des Sturms!« Jegliche wiedergewonnene Gesichtsfarbe entweicht aus Stellas Gesicht. »Wir müssen dem Wal folgen, bevor der Sturm uns wieder so hart erwischt!«
»Was?«
»Der Blauwal ... « Glytja schnappt Luft, »er wusste, dass der Sturm kommt und ist in sein Auge geschwommen.«
»Woher willst du das wissen?«
»Es ist der Selbe wie vorhin. Ich hab ihn gesehen!« Stella blickt skeptisch.
»Er hat sich anfangs am Himmel orientiert. Mit den Augen hat er dann die Sterne studiert!« Das Erstaunen in Stellas Gesicht wird größer.
»Wenn wir ihm folgen, werden wir den sichersten Weg

aus dem Sturm finden!«

Entschlossen nickt sie.

»Dann los!«

Wie aufs Stichwort weht der Wind heftiger in den Steuerraum hinein. Stella packt das Ruder. »Diesmal jagt mir der Sturm keine Angst ein!« Die Tür zum Raum klappt ungeduldig auf und zu. Glytja nimmt das Fernrohr vom Haken und läuft zügig zum Bug. Die Wellen werden dunkler und gehen aggressiver gegen das Boot vor.

»Er wechselt den Kurs Richtung Osten!«

»Verstanden!«

Beide navigieren dem Wal hinterher, der Rest der Crew brüllt Befehle, um das Schiff abzusichern. Nicht ein einziges Mal verliert Glytja den Wal aus den Augen. Es ist, als würde das Ziel ihres Lebens direkt vor ihr schwimmen und sie müsse sich nur fest genug daran klammern, um es nicht zu verlieren. Sie und ihre Aufgabe sind eins.

Die nächste Welle bringt das Schiff in eine Schräglage; nichts Ungewöhnliches bei einem Sturm. Diesmal, obwohl Glytja inzwischen geübt ist, die Bewegungen des Schiffs kennt, schon automatisch mitgeht, wenn es den Kurs wechselt, hebt es sie von den Füßen. Ihr Geist kann ihrem Körper, der quer über das Deck fliegt, nicht folgen. Er wirkt nicht wie ihr Körper. Eher wie eine Puppe ohne Führer. Sie geht über Bord und klatscht auf der Wasseroberfläche auf. Normalerweise wird an dieser Stelle alles Schwarz. Glytja fühlt zuerst einen schrecklich heißen Blitz im Herzen, schmeckt die wässrige Dunkelheit, riecht aufgewühltes Wasser und sieht: Einen blaugrauen, silbrig schimmernden Schatten in der Ferne.

Schwarz.

Stille.

Nach einem ganzen Leben durchbricht ein Licht die Dunkelheit. Es ist wie eine Wiedergeburt, als Glytja einatmet und den Himmel sieht. Die Wolken ziehen über sie hinweg, der Wind legt sich. Die Zeichen am Himmel verschwinden.

Sie liegt auf dem Wasser.
Schwebt.
Lebt.
Wieder wird es dunkel.
»Wach endlich auf, mir ist langweilig ohne dich!« Glytja schlägt die Augen auf und sieht ihre Freundin. Sie lächeln sich beide an.
»Was ist passiert?« Ächzend richtet sie sich auf.
Als hätte sie nur auf diese Frage gewartet, rückt Stella den Stuhl nahe an ihr Krankenbett heran.
»Das wirst du mir nie glauben!«
»Schieß los.« Vorsichtig trinkt sie einen Schluck warmen Tee.
»Du bist über Bord gegangen und wir konnten dich im Meer nicht mehr sehen. Ich hatte furchtbare Angst!« Sie presst die Lippen zusammen. »Du und der Wal, ihr wart beide verschwunden.« Kurz ist es still. Glytja hält die Luft an. »Dann seid ihr zusammen wieder aufgetaucht. Du lagst bewusstlos auf seiner Finne.«
Der Wal hat sie gerettet. Glytja kann es nicht fassen.
»Das ist noch nicht alles.« Stella blickt ihr fest ins Gesicht.
»Ich weiß nicht wie du es angestellt hast, aber du hattest den alten Peilsender des Wals in deiner Hand.« Glytja ist verwirrt. »Wahrscheinlich hast du ihn abgerissen.« Stella zuckt mit den Schultern, rückt noch näher an ihr Krankenbett heran und flüstert:
»Es ist ein Peilsender von der RV Skelkur.« Glytja verschluckt sich an ihrem Tee.
Ein Peilsender vom Forschungsschiff ihrer Eltern.

Es ist die erstaunlichste Entdeckung und das größte Glück der Crew innerhalb ihres gesamten Forschungsprojekts. Als sie den Peilsender untersuchen, stellen sie fest, dass er seit vielen Jahren die Wanderroute des Blauwals aufgezeichnet hat. Heute ist er über zwei Jahrzehnte alt geworden. Für ihre Abschlussarbeit bedeutet das eine schier unerschöpfliche Quelle von Daten, die sie mit der Position der Sternbilder und mit örtlichen Wetterphänomenen vergleichen kann.

Es ist das Vermächtnis ihrer Eltern.

Allmählich wird ihr klar, was sie getrieben hat, warum sie unbedingt Wale sehen musste. Sie denkt an ihre liebe Oma und umklammert den Peilsender. Sie will nach Hause.

Nach einigen Wochen läuft die RV Osk in ihrem Heimathafen ein. Glytja schultert ihren Rucksack, in dem sich der Peilsender und eine Kopie der Daten befinden.

»Denk dran, nächste Woche um fünf in meinem Büro!« Dr. Spöhk räumt gerade Kisten vom Schiff. Es ist herrliches Wetter, der Himmel ist klar.

Lässig lehnt Stella an der Reling und strahlt sie an: »Und komm nicht zu spät!«

»Bestimmt nicht!« Sicher betritt Glytja die Planke, die vom Schiff führt. Das Wasser platscht ruhig, Möwen singen und tanzen in der Luft, der Wind pfeift leise.

Etwas Grünes blitzt am Hafen auf.

Mars

Anke Höhl-Kayser

Die Umgebung schwankt vor meinen Augen. Ich blinzle. Einen Moment lang habe ich das Gefühl, ersticken zu müssen. Komplett orientierungslos. Wo bin ich?

Als der Drehschwindel nachlässt, sehe ich einen orangerosafarbenen Himmel über mir. Ich fühle mich seltsam eingeengt, schaue an mir herunter, erblicke riesige weiße Stiefel. In einem intensiven Kontrast zu dem rostroten Sand, auf dem sie stehen. Mir fällt auf, wie sauber sie sind. Wie unbenutzt.

Ich strecke die Hände aus. Weiße, blitzsaubere Handschuhe, dick gepolstert. Ich stecke in einem ebenso gepolsterten Anzug, einem Raumanzug.

Anschlüsse für Schläuche auf dem Oberkörper, am Arm eine Art Digitaluhr mit Anzeigen, die ich auf den ersten Blick nicht deuten kann.

Ich höre meinen Atem pfeifen, greife mir an den Kopf – ein Helm, eine getönte Scheibe vor meinem Blickfeld.

»Was passiert hier?«

Ich habe laut gesprochen. Durch den Helm klingt meine Stimme anders als sonst.

Ich schaue mich um, soweit es mein eingeschränktes Gesichtsfeld erlaubt.

Vor mir ein rostrotes Felsmassiv.

Über mir dieser unglaubliche Himmel, eine durchbrochene orangerosa Wolkendecke. Irgendwie erinnert sie mich an eine goldene, von Kerzenlicht beschienene Christbaumkugel.

Das ist nicht die Erde, denke ich. Sofort beginnt mein Herz zu hämmern.

»Wo bin ich? Ist hier niemand?« Ich rufe noch einmal. Keine Antwort.

Mein Herz rast. Mir bricht der Schweiß aus, läuft mir über

die Stirn, in die Augen. Wegwischen geht nicht. Ich blinzle krampfhaft, um wieder klar zu sehen.

Ich stolpere vorwärts. Ich bin hier sehr leicht, zum Abheben. Mein Fuß verfängt sich an einem Stein, mit einem fast schwebenden Hüpfer fange ich mich auf.

Die Sonne über mir scheint so staubig durch den rostigen Schleier. Nein, das ist nicht die Erde.

Ich bin auf dem Mars.

Ich bleibe stehen. Mein Herz schlägt ruhiger. Ich atme tief ein.

Wiederhole den Gedanken: Ich bin auf dem Mars.

Ich drehe mich langsam einmal um meine Achse. Hinter mir eine weite Ebene, vor mir die Berge. Keine Fußspuren im Sand. Als hätte mich jemand genau an dieser Stelle abgesetzt.

Ich weiß meinen Namen nicht mehr. Mir fällt etwas anderes ein: ein Zimmer mit einem Fernseher. Ein klobiges Gerät, schlechte Bildqualität. Der Ton hat ein Hintergrundbrummen.

Daniel sitzt mir gegenüber, ich weiß sofort seinen Namen. Er ist ein etwa zehnjähriger Junge mit einem Igelhaarschnitt und jeder Menge Sommersprossen auf der Nase. Wir beide starren gebannt auf den Bildschirm.

Eine graue Oberfläche voller Krater. Die amerikanische Flagge, knallig bunt. Astronauten hüpfen herum wie Gummibälle, übermütig im Angesicht der Tragweite ihres Erfolgs.

»Wenn wir groß sind, werden wir dort wohnen«, höre ich mich selber sagen. Meine Kinderstimme ist mir sofort wieder vertraut. »Vielleicht sogar auf dem Mars.«

Die Worte hallen in meinem Kopf nach wie ein Echo.

Wie bin ich hierhergekommen?

Wo ist das Raumfahrzeug?

Bin ich wirklich allein?

Mein Puls beschleunigt sich wieder.

Ich bin nicht mehr das Kind von damals. Die Abenteuerlust ist der Vernunft gewichen. Ich habe zwar vergessen, wer ich bin und woher ich komme, aber dass ich eine erwachsene Frau bin, steht fest.

Ich würde mich gern in einem Spiegel ansehen. Ob mir dann mein Name einfällt?

Wohin gehe ich überhaupt?

Die Berge ziehen mich an.

Ich schaue hinauf zu dem orangerosa Himmel. Die Sonne bewegt sich ähnlich schnell wie auf der Erde.

Ein Marstag heißt auch Sol. Er dauert annähernd genauso lang wie ein Tag auf der Erde. Ich weiß noch, wie ich mir gewünscht habe, die Sonne auf dem Mars untergehen zu sehen.

Bilder tauchen in meinen Gedanken auf. Etwas, was ich in einer Zeitung gesehen habe.

Fotos, unscharf. Ein technisches Gerät, ein Greifarm über rostigem Sand.

Eine Marssonde.

Viking, 1976.

Daran kann ich mich erinnern. Aber nicht daran, wer ich bin.

Ich gehe weiter, zielstrebig auf die Felsen zu.

Ich schwitze nicht mehr, die Temperatur in meinem Raumanzug ist angenehm.

Die Berge sind näher gerückt.

Plötzlich werde ich aufmerksam. In der Ferne, auf einer Anhöhe, blinkt etwas.

Ich gehe darauf zu. Es ist keine Reflexion, es hat einen eindeutigen Rhythmus. An. Aus. An. Aus.

Jetzt sehe ich die Umrisse deutlicher. Irgendein technisches Gerät. Vielleicht ein Hinweis darauf, wie ich hierhergekommen bin? Wer ich bin?

Ich gehe schneller. Mein Atem pfeift, mir fällt auf einmal ein, dass ich abhängig von meiner Ausrüstung, von dem darin enthaltenen Sauerstoff bin. Für wie viele Stunden habe ich Sauerstoff? Ich greife nach hinten, die sperrigen Handschuhe betasten den Kasten auf meinem Rücken.

Fühlt sich groß an. Beruhigend. Aber was sagt das über die Dauer der Atemluft aus? Ich betrachte die Digitaluhr an meinem Handgelenk, sehe mir die Anzeigen genauer an. Zahlen und Diagramme. Irgendwo zählt etwas herunter. 1:57:01, 1:57:00, 1:56:59, das könnte die Anzeige für den Sauerstoff sein. Nicht mehr ganz zwei Stunden, und das ist nicht ermutigend, denn ich weiß nicht, wohin, um aufzutanken, oder den Helm abzunehmen und normal atmen zu können.

Irgendwo in mir ertönt die Kinderstimme, fegt die Bedenken beiseite.
»Ich bin auf dem Mars, was kümmert mich der Sauerstoff!«
Endorphine kochen durch meinen Körper. Ich hüpfe vorwärts, fliege, schwebe auf das Blinken zu.
Im Näherkommen sehe ich, dass das Gerät nicht das erhoffte Raumfahrzeug ist. Es ist viel zu klein. Es hat viereckige Konturen und ist staubbedeckt. Schmutziger als meine Schuhe, die allmählich mehr und mehr die Farbe des Marssandes angenommen haben.
An der Seite blinkt eine Lampe.
Das Ding ist ein kleiner Roboter, mit staksigen Insektenbeinen und einem winzigen Kamerakopf. Eine Marssonde. Ihr Greifarm liegt lässig neben dem rechten Vorderrad auf dem Boden ausgestreckt. Darin steckt etwas.
Ich beuge mich herunter, erwische es nicht, fasse nochmal nach. Schwierig mit den dicken Handschuhen. Endlich habe ich den Gegenstand. Ich bin sprachlos.
Es ist nichts weiter als ein Zettel. Ein von rotem Sand bedecktes Stück Papier. Ich würde es gern abpusten und stoße gegen den Helm, als ich es zum Gesicht führe. Ich schüttle den Sand, so gut es geht, ab.
Kariertes Papier wie von einem Collegeblock. Ein Blümchen darauf gemalt, daneben ein Herz und rote Berge. Wie eine Kinderzeichnung. Sie berührt etwas in mir, bringt etwas zum Klingen, aber ich kann es nicht klar werden lassen. Unverkennbar darauf das Gebirgsmassiv, vor dem ich gerade

stehe, die markanten Bergspitzen. Ganz groß ein Pfeil, der auf einen mit einem Kreuz markierten Punkt auf der Hälfte einer der Anhöhen zeigt.

Ich bin auf dem Mars und mache eine Schnitzeljagd.

Ich muss lachen.

Ich atme tief durch, werde wieder zum Kind von damals. Wehre mich nicht dagegen.

Ich hüpfe den Berg hinauf. Erinnere mich vage an einen Sturz, einen tiefen Fall, danach nur Schwärze. Was ist das für ein Bild?

Ich schiebe es energisch zur Seite. Hier jedenfalls werde ich nicht fallen, das weiß ich.

Ich betrachte den karierten Zettel. Jemand wartet auf mich. Ich stecke das Papier vorn in den Gürtel – ich mag mich nicht davon trennen. Und vielleicht brauche ich ja Beweise für meine Schnitzeljagd?

Der Marssand ist grob, mit Steinen durchsetzt. Sie kullern den Hang hinunter, wenn ich darauf trete. Mir ist bewusst, dass außer mir hier noch nie jemand hergegangen ist.

Ich schaue zurück, sehe die Spuren, die ich hinterlassen habe. Es kommt mir vor wie ein Rückblick auf ein Leben, das mir entfallen ist. Habe ich dort auch Spuren hinterlassen, die man erkennen kann? Oder ist inzwischen alles verweht und verwischt?

Vor mir plötzlich ein Überhang, eine Nische im Fels. Ein schwarzes Loch – ein Höhleneingang? Drinnen blinkt wieder etwas. An. Aus. An. Aus.

Ich hangle mich hinauf, habe für einen Moment Sorge, was sein wird, wenn ich mir die Handschuhe, den Raumanzug aufreiße. Schiebe die Gedanken beiseite, bin wieder mitten in meinem Abenteuer.

Ich gehe in die Höhle hinein, in der ein feines silbernes Licht rhythmisch aufleuchtet.

Ein schmaler Gang, ich muss mich bücken.

Hinter mir bleibt als orangeroter Fleck die Außenwelt zurück. Ich atme schnell, mein Herz hämmert. Das Kind in mir will verzagen. Ich habe Angst vor dem, was ich hier finden könnte.

Dann sehe ich den nächsten Zettel.

An die felsigrote Wand des Ganges hat jemand ein weiteres kariertes Blatt Papier getackert. Ein Smiley darauf, der mir die Zunge rausstreckt, daneben wieder ein Pfeil. Meine Richtung stimmt. Meine Angst verschwindet. Auch diesen Zettel nehme ich an mich.

Ich folge dem Gang. Während das Glühen des roten Planeten hinter mir verschwindet, ist vor mir elektrisches Licht. Blauweißes Leuchten von LED-Strahlern.

Alle zwei Meter ist eins dieser kleinen Bullaugen an der Decke angebracht.

Der Gang windet sich, ist grob herausgehauen aus dem Felsen, hier und da sind noch die Spuren von Hacken und Schaufeln zu sehen.

Dann ist vor mir eine Öffnung. Ich bin am Ende des Ganges angekommen, bin durch den Fels hindurchgegangen und komme nun oberhalb eines weiten, von roten Bergen gesäumten Plateaus wieder heraus.

Ich kann nicht glauben, was ich sehe.

Glänzend weiße kugelförmige Gebäude. Eins neben dem anderen. Eine ganze Kolonie. Mit reflektierenden Planen überdachte Gewächshäuser, in denen ich kräftiges Pflanzengrün schimmern sehe.

Rover fahren umher, mit Gestalten in hautengen, purpurroten Anzügen und silbernen Helmen darin. Von oben sieht es aus wie in einem Bienenstock, so ein wimmelndes Treiben.

Eine Eisentreppe erleichtert mir den Weg ins Tal.

Ich steige vorsichtig hinunter, mit erneut klopfendem Herzen.

Sind das Menschen da unten?

Die Gestalten wirken so fremd in diesem dunklen Rot, am ehesten erinnern sie mich an Bobfahrer. Niemand nimmt Notiz von mir, als ich am Fuß der Treppe angelangt bin.

Dicht vor mir fährt ein Auto, sehr futuristisch, aber mit einer gewissen Ähnlichkeit zum Lunar Roving Vehicle, mit dem die Astronauten über den Mond gekurvt sind. Breite Reifen, eine Signalanlage, die Insassen mit Kreuzsicherheitsgurten festgeschnallt.

Irgendwie bin ich sicher, dass das Menschen sind, auch wenn ich durch die verspiegelten Visiere der Helme keinen Blick ins Innere erhaschen kann.

Ich überquere das, was ich für die Hauptstraße halte, zwischen zwei Marsmobilen. Entweder können die mich nicht sehen, oder es ist ihnen egal, dass da eine Frau in einem Raumanzug zwischen ihren Autos durchwandert.

Sie bremsen jedenfalls nicht für mich. Ich sehe zu, dass ich die Fahrspur verlasse.

Ich stehe vor dem ersten Habitat. Es hat eine Schleusentür, die ich per Knopfdruck öffne. Zischend senkt sie sich in die Wand und gibt den Durchgang frei. Ich trete ein, sie schließt sich mit demselben Geräusch hinter mir. Aus Düsen an der Decke und im Boden sprüht Nebel auf, irgendeine Desinfektion, denke ich, oder einfach nur zum Saubermachen. Als der Nebel schwindet, ist mein Raumanzug jedenfalls wieder weiß.

Ein Signalton, dann öffnet sich die Tür vor mir und gibt mir den Blick ins Innere der Biosphäre frei. Ein langer, von bläulichweißen LED-Strahlern erhellter Gang. Rechts und links Türen. Ich gehe einfach hinein, die Tür schließt sich hinter mir wieder.

Ich gehe den Gang entlang, schaue, lausche. Alles ist still. Dann sehe ich wieder einen Zettel. Neben der letzten Tür auf der rechten Seite.

Zwei Strichmännchen, ein großes und ein kleines, beide mit Helmen auf dem Kopf. Sie halten einander an der Hand. Der Hintergrund ist rostig rot. Ich kenne das Bild. Ich habe es geschenkt bekommen, vor sehr langer Zeit. Mein Mund wird ganz trocken vor Aufregung.

Mein Sohn hat es für mich gemalt.

Die Tür schwenkt zischend auf.
Drinnen steht ein großer schlanker Mann und breitet die Arme aus.
»Hi, Mom«, sagt er und lächelt, während mein Herz beinahe zerspringt.
Sein Name donnert wie ein Felsrutsch durch meinen Kopf: Christopher Eagle.
»Es ist nicht so einfach, jemanden in einem Raumanzug zu umarmen«, sagt er nach einer Weile und lässt mich los. »Zieh das dumme Ding doch einfach aus, du brauchst es nicht.«

Ich habe meinen Sohn mit zweitem Vornamen Eagle genannt: nach der ersten Mondlandefähre. Vielleicht war es der Name, der in ihm diese Sehnsucht für die Raumfahrt geweckt und immer weiter hat auflodern lassen?
Er ist im Millenniums-Jahr geboren, im Jahr 2000, dem Jahr, in dem die Zukunft begonnen hat.
Chris wollte immer zur NASA gehen. Und er hat seinen Weg gemacht.
Mein Sohn hilft mir, mich aus dem Anzug zu schälen.
Ich habe tausend Fragen, aber nur diese eine kann ich aussprechen:
»Chris, wie komme ich hierher?« Chris stellt meinen Helm langsam auf den kleinen Tisch in diesem spartanisch eingerichteten Raum. Hier gibt es nur einen Schreibtisch mit einem Computer, der weiter entwickelt aussieht als die Computer, an die ich mich erinnern kann. Er zögert, sieht mich an. Als ich seinen Namen gesagt habe, sind seine Augen feucht geworden.
»Du erinnerst dich wieder, Mom«, sagt er ganz leise.
Ich erinnere mich wieder, sogar an meinen Namen: Ich heiße Eugenie Cernan.
Ich betrachte ihn. Er ist deutlich älter, als ich ihn in Erinnerung habe. Er mag Mitte vierzig sein. Einige graue Fäden durchziehen sein schwarzes Haar.
»Ich erinnere mich, aber bei vielen Dingen ist einfach gar nichts«, antworte ich. »Welches Jahr haben wir?«

»2051«, antwortet er und beobachtet mich dabei aufmerksam.

Ich staune. Unmöglich. Dann müsste ich ja ... »Du wirst in diesem Jahr neunzig«, nimmt er meine Frage vorweg. »Du hast Alzheimer und bist vor sieben Jahren nach einem Treppensturz ins Koma gefallen.«

Das ist ein Schock. Ich taste nach dem Schreibtischsessel und lasse mich hineinfallen. Ich schaue an mir herunter: Nein, ich bin keine 90 Jahre alt. Die Haut meiner Hände ist glatt, ich bin so schlank, wie ich zuletzt vor der Geburt meiner Kinder war.

»Kann das sein?«, frage ich bemüht sachlich. »Wie hast du mich hierher gebracht?«

Chris lächelt, er hat Tränen in den Augen.

»Mom, du hast mir deine Träume vererbt«, sagt er. »Dir habe ich es zu verdanken, dass ich nun hier bin. Und ich wollte einfach – etwas zurückgeben. Seit Jahren verfolge ich die Entwicklung einer speziellen Technik. Das Verfahren heißt Conscious Journey Attachment. Auf der Erde ist es inzwischen eine populäre Methode, so zu reisen. Man braucht nur einen speziellen Computer, der die Verbindung zum visuellen und auditorischen Cortex im Gehirn herstellt, und die Cojos – so heißen die Reisenden – gelangen gedanklich an jeden Ort, der im Computer gespeichert ist.«

Er hält inne. Es fällt ihm schwer, zu sprechen.

»Bei dir war es schwieriger. Ich habe deinen Körper hierher bringen lassen, damit du bei mir bist, schon vor ein paar Jahren«, flüstert er. »Aber ich wollte dich endlich auch diesen Ort sehen lassen. Die Alzheimerforschung hat große Fortschritte gemacht, du bist im Koma intensiv medikamentös behandelt worden. Und gestern haben wir dich an die Cojo-Anlage angeschlossen. Wir wussten nicht, ob es funktioniert. Es war einfach ein Versuch. Und nun bist du da.«

Ich erinnere mich. Mir fällt der Beginn meiner Erkrankung wieder ein, der schreckliche Tag, an dem die Ahnung zur

Gewissheit wurde. An dem ich bewusst Abschied nahm, den Sonnenuntergang meines Ichs vor Augen. Chris hatte mich in die Klinik begleitet, und ich sehe wieder den Schmerz in seinem Gesicht.

»Mom, ich werde dich nicht alleinlassen!«

»Christopher Eagle Cernan, du wirst zum Mars fliegen. Du wirst deinen und meinen Traum verwirklichen, und wenn du dort bist, wird es so sein, als wäre ich auch dort.«

Ich erinnere mich an den Start der Rakete, ich erinnere mich an meine Qual, weil es eine Reise ohne Wiederkehr war, und weil ich meinen Sohn bald vergessen haben würde.

Die Tränen in meinen Augen hatten mich auf der Treppe fehltreten lassen.

Chris versteht wie immer, was in mir vorgeht. Er nimmt mich bei der Hand.

»Komm, wir wollen den Sonnenuntergang anschauen. Das war doch immer dein größter Wunsch.«

»Aber muss ich dann nicht wieder meinen Raumanzug anziehen?«, will ich wissen.

Er lacht.

»Das war nur wegen der Authentizität, und zum Spaß«, antwortet er. »Cojos brauchen das nicht. Du kannst hier herumhüpfen wie auf der Erde. Ich beneide dich!«

Wir gehen nach draußen, ich komme mir komisch vor zwischen all den hauteng Rotglänzenden, in Jeans, T-Shirt und Turnschuhen. Aber ich fühle mich wohl. So unfassbar wohl.

Die Luft schmeckt rostig und wild. Wind wirbelt Sandfontänen auf. Der Himmel ist ein Flammenmeer.

Ich bin auf dem Mars und sehe der Sonne zu, wie sie in allen Facetten von Rot hinter den Bergen versinkt.

Wir stehen und schauen, schließlich schimmern Sterne an einem nachtschwarzen Himmel zu uns herunter.

Es gibt kleine und große Glückseligkeiten, und es gibt Wunder. Ich erlebe gerade alles auf einmal.

Die Stille wird von einem Piepsen zerrissen. An Chris'

Handgelenk blinkt etwas. Ich sehe seinen angstvollen Blick hinter dem Helmvisier.

Ich höre Wortfetzen aus dem mobilen Funkgerät.

» ... geht es Ihrer Mutter nicht gut ... müssen dringend die Verbindung abbrechen ...«

Chris protestiert, gestikuliert heftig, wendet sich ab. Ich würde gern sein Gesicht sehen, obwohl ich weiß, was er fühlt.

Ich habe alles, was ich jemals wollte.

Ich greife Chris' Arm und spreche in das Mikrofon. Verblüfftes Staunen folgt meinen Worten.

»Hören Sie«, sage ich. »Ich liege schon lange genug im Koma. Ich habe meinen Sohn wiedergesehen, und ich bin auf dem Mars. Mehr brauche ich nicht. Schalten Sie die verdammten Maschinen ab.«

»Mom, bitte, das kannst du nicht tun!«

Ich lege die Hand auf seine Schulter.

»Doch, Chris, es ist Zeit.«

Chris sieht, wie ernst es mir ist. Er wagt nicht zu widersprechen. Schließlich stimmt er leise zu.

Ich bereite mich vor. Ein unendlicher Moment der Stille.

Dann spüre ich, dass sie es getan haben. Die lebenserhaltenden Maschinen sind abgestellt. Es wird schwarz um mich. Ein Strudel fasst nach mir, reißt mich in seinen Sog.

Ich drücke Chris' Hand noch einmal ganz fest. Ich wage einen letzten Blick auf die dunkelroten Berge, die im Sternenlicht schimmern, dann lasse ich mich in die Schwärze fallen.

Die Dunkelheit weicht. Nach und nach erkenne ich Umrisse meiner Umgebung. Schmal und eng ist es um mich herum. Irgendwo vor mir eine Öffnung. Ich sehe Licht. Ich komme näher. Schwebe ich oder gehe ich?

Das Licht kommt schnell auf mich zu. Bläulichweiße LED-Strahler. Neben mir ein Fenster, hermetisch geschlossen, dahinter ein glühend orangefarbener Sonnenaufgang.

Chris' Gesicht. Fassungslos.

Ein Mann in einem weißen Kittel beugt sich über mich, lächelt strahlend.

»So unglaublich es klingt, General Cernan, aber Ihre Mutter ist aus dem Koma aufgewacht.«

Ich bin auf dem Mars.

ANM. D. AUTORIN: Der Astronaut Eugene »Gene« Cernan, der letzte Mann auf dem Mond, stand Pate für den Namen der Hauptfigur dieser Geschichte. Gene Cernan hinterließ auf dem Erdtrabanten nicht nur Fußabdrücke, sondern eine sehr spezielle Erinnerung: Er schrieb die Initialen seiner Tochter Tracy, TDC, in den Mondstaub.

Die Straße der Tränen

Manu Wirtz

CAMEL TROPHY 1984 IN BRASILIEN

Seit Tagen fuhren wir durch ein feuchtwarmes, irrlichterndes grünes Halbdunkel. Der schwere Land Rover holperte langsam über die mit Rissen, Pfützen und Kratern übersäte Dschungelpiste. Aus dem Cassettenrecorder kreischte Neue Deutsche Welle-Star Markus sein "... ich mach Spaß, ich geb Gas, ich geb Gas ...". Ich schnaubte ironisch durch die Nase und blickte zum wiederholten Mal auf die Uhr. »Wir sind den anderen Fahrern mindestens eine Stunde hinterher, wenn nicht noch mehr«, sagte ich frustriert.

Plötzlich kippte der Wagen mit dem rechten Vorderreifen in einen Krater. Durch die heftige Bewegung wurde ich gegen die Seite geschleudert und schlug mit dem Kopf an den Türholmen. Eine rote Wasserfontäne spritzte in die Höhe und klatschte ihren Schlamm an die Windschutzscheibe. Für einen kurzen Augenblick waren wir blind. Dann schaltete der Fahrer die Scheibenwischer ein und hektisch verschmierten die Gummis den Dreck.

»Au verdammt, Ulli«, ich rieb mir die schmerzende Schädelseite. Allmählich wurde die Sicht nach draußen klarer und durch die rotbraunen Streifen auf dem Glas blickten wir direkt in eine aufgewühlte Brühe, die bis über die Motorhaube schwappte. Vor unserem schiefen Wagen breitete sich ein riesengroßes Schlammloch aus.

»Kruzifix«, schimpfte Ulrich, schaltete krachend den Rückwärtsgang ein und gab Gas. Der Dieselmotor heulte auf und die Reifen drehten auf dem Untergrund durch. Ich spürte, wie der zwei Tonnen schwere Jeep immer tiefer in dem weichen Lehm einsank und sich gefährlich zur Seite neigte. »Stop«, schrie ich und schaute durch das Seitenfenster nach unten. Die Beifahrertüre steckte bereits bis zur Hälfte im Modder fest. Ulrich schaltete in den Leerlauf und blubbernd kam der Land Rover zur Ruhe. Mit der Hand fuhr er über sein schweißnasses Gesicht und blickte mich betreten von der Seite an. »Tut mir Leid. Hab für nen Augenblick nit uffpasst«, entschuldigte er sich. Seine übermüdeten Augen waren rot gerändert. »Wie sieht es auf deiner Seite aus?«

»Wir stecken fest«, sagte ich, »Hier komm ich nicht raus.« Ich löste den Gurt und drehte mich auf dem Sitz um. Zwischen den gestapelten Ausrüstungs- und Gepäckstücken suchte ich nach der Maglite. Ohne lichtstarke Taschenlampe war in dem dunkelgrünen Schatten des brasilianischen Urwaldes nur wenig Sicht am Boden möglich. Ich ertastete die Stablampe an meinem Rucksack und zog sie hervor. Der Fahrer hatte unterdessen die Tür geöffnet und kletterte hinaus. Ich stieg über seine Seite auch aus dem Land Rover. Draußen versanken wir sofort knöcheltief im Morast.

»Urrg«, kam es von Ulli.

»So krieg ich meine Füße nie trocken«, maulte ich. Ich reichte die Maglite an den jungen Mann und stapfte mühsam auf die Rückseite zu. Der Hinterreifen ragte eine Handbreit über dem Schlamm. Von dem Profil war nichts mehr zu sehen, es verschwand in einem zentimeterdicken roten Brei. Durch die Schieflage musste ich mich anstrengen, die hintere Türe zu öffnen. Zuerst holte ich die Schaufel heraus und steckte sie in die nasse Erde. Dann kletterte ich zu der Dachreling und löste die Halterung der vier Sandbleche. Die Blechprofile sollten den Rädern Grip geben, dass sie wieder festen Boden erreichen konnten. Von oben sah ich den Fahrer unseres Teams auf den Bauch liegen und mit der Taschenlampe den Unterboden kontrollieren.

»Wie sieht es aus?«, rief ich hinab.

»Die Kardanwelle hat aufgesetzt. Himmearschundzwian«, schimpfte er. Ich hatte inzwischen die Sandbleche gelöst und warf sie in den Matsch. Dann kletterte ich hinunter. Ulrich war auch aufgestanden und wischte sich ein paar Klumpen Lehm von seinem Hemd. Die Erschöpfung zeichnete tiefe Falten in sein verschmiertes Gesicht. Wir sahen uns kurz an. Schweigend steckte er die Maglite an seinen Gürtel und griff sich die Schaufel. Ich holte unterdessen das erste der Sandbleche. Wie selbstverständlich teilten wir die Aufgaben unter uns auf. Nach zehn Tagen Camel Trophy waren wir ein eingespieltes Team, das sich ohne Worte verstand. Der junge Mann kniete sich in den Schlamm und fing an, die nasse Erde von dem Bodenblech wegzuschaufeln. Ich klemmte inzwischen ein Sandblech unter das Hinterrad. Ich hatte aufgehört zu zählen, wie oft wir mit dem Geländewagen im Dreck stecken geblieben waren.

Der Transamazonica Highway, auf dem wir fuhren, war ein Monstrum aus Lehm, Regen, Moskitos, Schweiß und Tränen. Fehler verzieh die Piste durch den Dschungel nicht, eine Unterschätzung oder Unachtsamkeit rächte sich bitter. Jedes der zwölf Teams aus sechs Ländern, die an der Camel Trophy 1984 teilnahmen, musste schon für seine Überheblichkeit und Leichtsinn bezahlen. Seit wir Santarém verlassen hatten, war unser Land Rover 110 in überfluteten Flussläufen beinahe untergegangen, blieb vor quer liegenden Bäumen stehen oder wurde mit eingestürzten Brücken konfrontiert. Es gab kein Hindernis, dass die Straße der Tränen, wie die Transamazonica im Volksmund hieß, nicht für uns bereithielt. Die extrem heftige Regenzeit in diesem Jahr machte bereits kurz nach dem Start die Tourenplanung des Veranstalters zunichte. Die Route hatte sich in eine einzige Schlammpiste verwandelt, in der die Geländewagen nur langsam vorankamen. Menschen und Material wurden auf eine nie da gewesene harte Probe gestellt.

Ich lernte den robusten Land Rover sehr schnell lieben. Der sandgelbe Wagen mit dem bekannten Logo war mehr als ein Transportmittel. Er war unser Zuhause, Fahrzelle, Wohnzimmer, Miniküche und Schlafplatz in einem. Wir hatten das

Gepäck, die Vorräte und das Werkzeug so verstaut, dass wir blind nach allem greifen konnten, das wir gerade brauchten, ob es das Trinkwasser war, ob Feuerzeug, Konserven oder Klopapier. Leider hatte der Jeep inzwischen im Fahrgastraum das gleiche bematschte und verdreckte Aussehen angenommen, wie außen.

Am meisten schätzten wir die leistungsstarke Elektrowinde am Prellbock des Wagens. Diese Winden hatten schon so manches versunkene Trophy-Fahrzeug aus bodenlosem Morast herausholt, riesige Baumstämme zum Bau einer Behelfsbrücke gezogen und sogar voll beladene Lkw aus Notlagen befreit. Mit Galgenhumor trällerten wir ab dem dritten Tag der Trophy das Lied »Winsch dir was ...«.

Ulrich war noch dabei, den zähen Schlamm unter dem Wagen wegzuschaufeln. Der Spaten löste sich schmatzend von der roten Masse. Immer wieder blieb ein dicker Klumpen an der Schippe hängen, den er erst mit dem Stiefel wegtreten musste. Ich holte die zweite Schaufel aus dem Kofferraum und begann, eine Bahn für die Hinterräder zu graben. Jeder Spatenstich, den ich machte, füllte sich sofort mit Wasser. Schon nach kurzer Zeit rann mir der Schweiß an Gesicht und Rücken hinunter und lockte Moskitos an.

»Morgen werde ich wieder aussehen wie ein Streuselkuchen«, schoss es mir durch den Kopf, »Weitermachen, einfach weitermachen – nicht denken.« Der Himmel verfinsterte sich, als wenn ein dunkles Rollo vorgezogen würde. Die Nacht im Dschungel kam immer ganz plötzlich.

Aus dem Dunkeln tauchten die Scheinwerfer eines weiteren Rovers auf; es war der belgische Wagen. Der charakteristische Lichterbaum an der Dachreling erhellte den Morast wie unter einer Flutlichtanlage. In sicherem Abstand vor dem großen Schlammloch hielten die Belgier an und stiegen aus. »Qu'est-ce-que tu fais? Can we help you?« rief Marc uns zu.

»You must winch our car out of the mud, please«, gab ich zurück. Christian, sein Beifahrer, kramte bereits nach dem

Stahlseil. Sie befestigten das Seil an der Winde und Christian kam mit dem anderen Ende zu uns herüber. »Merde«, fluchte er, als er unseren Wagen erreichte und sich die Bescherung ansah. »Okay, we winch you out!« Christian gestikulierte ausdrucksvoll, um seinen starken Akzent zu überspielen. Ich stapfte auf die Rückseite des Rovers und steckte weitere Sandbleche in die Spur, die ich gegraben hatte.

Ulli war unter dem Jeep hervorgekrochen und rief mir zu: »Setz du dich ans Steuer«, und zu Christian gewandt: »We must upright the car.« Ich setzte mich auf den Fahrersitz und die beiden jungen Männer stemmten sich auf der anderen Seite gegen die schräge Karosserie. Ich spürte das Surren der Winde und den kleinen Ruck, als das Stahlseil anspannte. Der Lehmbrei war zäh und gab das eingesunkene Fahrzeugteil nur sehr widerwillig frei. Schwerfällig setzte sich der Land Rover in Bewegung. Ich hörte Ulli und Christian ächzen und stöhnen unter der Anstrengung. Dann fassten die Räder Grund und der Wagen richtete sich endlich auf. Vorsichtig gab ich Gas. So kamen wir langsam wieder auf den Weg zurück. »Yiiihaa!« Die beiden Jungs brachen in Triumphgeheul aus. Ich stimmte erleichtert in das Lachen ein und umarmte die beiden Belgier. Wir hatten noch gut zehn Kilometer bis zu unserem Nachtlager am Rio Tapajós zu fahren und mittlerweile war es stockduster. Aber im Moment überwog einfach die Euphorie über die Rettung. Drei Männer und eine Frau, bis zur Unkenntlichkeit mit rotem Lehm beschmiert, führten im Lichtkreis der Scheinwerfer einen kleinen Freudentanz auf.

Spät abends erreichten wir die Lichtung mit den anderen Fahrzeugen der Camel Trophy. Wir waren seit 36 Stunden unterwegs und todmüde. Das Einzige, was alle wollten, waren jetzt ein paar Stunden Schlaf in relativer Trockenheit. Notdürftig wuschen wir uns in dem Fluss und verkrochen uns neben dem Lagerfeuer in die Schlafsäcke. Schon im Halbschlaf versunken fragte ich mich zum wiederholten Mal, was ich eigentlich im brasilianischen Regenwald zu suchen hatte?

„Wer durch die Hölle will, muss verteufelt gut fahren." Das war der Werbespruch, mit dem die Zigarettenmarke Camel seit 1980 das öffentliche Interesse für seine 1.000 Meilen Abenteuer reizte. Jedes Jahr lockte die harte Tour mehr junge Menschen aus allen möglichen Ländern an. Mit 24 Jahren war ich sehr abenteuerlustig und bewarb mich einfach für eine der nächsten Trophys, ohne ernsthaft daran zu glauben, in die engere Auswahl zu kommen. Um so überraschter war ich, als ich mit der Post die Einladung zu einem nationalen Trainingscamp erhielt. Mich trieb die Sehnsucht, etwas völlig Verrücktes zu tun, einmal aus der Normalität auszubrechen. Ich wollte Grenzen erfahren und erweitern.

In einem Offroad-Gelände trafen sich ein gutes Dutzend Männer und zwei Frauen zu den Eignungstests. Wir lernten, die schweren Land Rover zu beherrschen und wurden auf Tropentauglichkeit, Teamfähigkeit und Stressresistenz getestet. Zusammen mit Ulrich Steuber, einem 29-jährigen Lkw-Fahrer aus Bayern, kam ich in die Endauswahl.

In Santarém, am Zusammenfluss von Amazonas und Rio Negro nahmen wir unsere neuen Jeeps in Empfang. Hier waren alle Teams noch zuversichtlich. Die Geländefahrzeuge waren top gerüstet und wir selbst auch. Meinen Teamkollegen hatte ich im Training gut kennengelernt und durch die ausgezeichnete Vorbereitung glaubte ich an mich und meine Fähigkeiten. Was sollte da schon sein?

Die Camel Trophy 1984 startete in der Nacht. Der erste Streckenabschnitt ging bis Itaituba, ein paar Hundert Kilometer entfernt. Nur etwa zwölf Stunden – dachten wir. Schon in dieser Nacht geriet unser Zeitgefühl völlig durcheinander. Die Wagen-Kolonne war bereits nach kurzer Strecke auseinandergerissen. Am Ziel angelangt, hatten die ersten Jeeps schon einige Schäden weg. Dabei begann in Itaituba die eigentliche Transamazonica, die Höllenstrecke. Ab hier war nichts mehr wie gewohnt. Die Prüfungen und Schläge, die die Straße der

Tränen für uns bereithielt, waren härter, als wir es uns in unseren kühnsten Albträumen ausgemalt hatten.

Es ging bei der Trophy längst nicht mehr um den Triumph über die härteste Dschungelpiste der Welt, sondern um den Sieg über sich selbst. Was wir vor uns hatten, waren 1.000 Meilen Abenteuer unter Verzicht auf Bequemlichkeit, Komfort und gewohnte Nahrung. Entschädigt wurden wir mit strömendem Regen, Schlamm, achstiefen Furchen oder staubtrockenen Pisten. Zudem wurden wir von Moskitos, Blutegeln, Hunger, Durst und ständigem Schlafmangel treu begleitet. Jeder Tag war ein Kampf gegen Müdigkeit und Verzweiflung.

Am zweiten Tag hatte der anhaltende Regen kleine Urwaldflüsse zu reißenden Strömen anschwellen lassen. Plötzlich war vor unserem Auto ein 200 Meter breiter Fluss aufgetaucht, wo eigentlich die Piste hätte sein sollen.

»Okay, übernimm du. Ich überprüfe die Wassertiefe«, sagte Ulli und stieg aus. Er watete durch das sprudelnde Wasser und signalisierte mir, wohin ich das Fahrzeug zu lenken hatte. Nirgends war es tiefer als 60 Zentimer, leicht für den Land Rover 110 – wenn man in der Spur blieb. Leise Flüche durch die verkniffenen Lippen pressend, fuhr ich den schweren Wagen in den Strom hinein, eine stolze Bugwelle vor mir her treibend. Ich stieß einen Seufzer der Erleichterung aus, als ich sicher am anderen Ufer die Straße erreichte. In den nächsten Tagen war die Piste so aufgeweicht, dass die Jeeps anfingen, Samba in den achstiefen Rillen und Kratern zu tanzen. Wie wilde Rodeopferde bockten und sprangen die Rover durch die Schlammlöcher. Wagen kippten seitlich weg und schwangen zurück. Motorhauben verschwanden in Riesenpfützen und tauchten am Ende wieder auf. Wir waren sogar froh, wenn wir den Vordermann über die Piste schwanken sahen. Denn solange er sich noch bewegte, konnten wir das auch schaffen.

Schlimm wurde es, wenn ein Wagen aufhörte, Samba zu tanzen, weil er dann im Schlick feststeckte und den anderen den Weg versperrte. In dem Fall hieß es: Raus aus den Wagen, graben, kleine Bäume schlagen und mit der Machete Äste für einen Damm schneiden, und daraus eine Fahrspur bauen. Hatte es der erste Jeep aus dem Morast geschafft, drehte er um und zog die Nachfolger mit der Winde durch den zähen Dreck.

Den nächsten Stopp erlebten wir an einer eingestürzten Brücke. Die aufgewühlten Wassermassen hatten die Balken einfach weggerissen. Volker aus dem zweiten deutschen Team und der Italiener Alfredo übernahmen als „Brücken-Ingenieure" die Anleitung zum Bau einer Behelfsbrücke. Ein Teil der Männer ging mit Motorsäge und Äxten bewaffnet ins Dickicht und fällte Bäume. Die beiden Baumeister schafften derweil eine provisorische Seilverbindung über den Fluss. Wir kombinierten die Winden mehrerer Jeeps und zogen mit vereinter Kraft die glattgeschlagenen Stämme über die Schlucht. Es war ein Wunder an Präzision bei 50 Grad Hitze und hoher Luftfeuchtigkeit. Es sollte nicht die einzige Brücke bleiben, die zu bauen war.

Die Indios nannten den Regenwald „Cayahuari Yacu" – das Land, bei dem Gott nicht fertig wurde. Er hat es übrigens bis heute nicht geschafft, denn das Amazonasgebiet ist einem permanenten Wechsel unterzogen. Wo gestern noch ein Pfad war, floss jetzt ein Fluss. Wo vor einem halben Jahr noch zwei Lastwagen aneinander vorbei kamen, war heute nicht mal zu Fuß ein Durchkommen möglich. Die Transamazonica existierte als Straße eigentlich gar nicht. Ständig musste sie neu gebaut, das heißt, in den Dschungel geschlagen werden. Mehr als einmal ging einer vom Team mit der Machete voran und schlug eine Schneise in den dichten Blätterwald. Wo keine Straße mehr war, mussten wir eben eine bauen.

In der Nacht erwachte die Wildnis zu brüllendem Leben. Es zirpte, quakte und sirrte lautstark um einen herum. Moskitos und blutgie- rige Piufliegen überfielen in Schwärmen freie

Hautstellen. Wer nicht rechtzeitig unter einem Netz Schutz gefunden hatte, wurde gnadenlos zerstochen.

Der nächste Tag startete mit einem kräftigen Frühstück aus Sardinen, Hartkeksen, einer Banane und ein paar Schlucken Wasser. In unsere Augen kam wieder Leben.

Wenn es in der Hölle noch eine Steigerung gab, dann befand sie sich auf dem letzten Teilstück zwischen Humaita und Manaus. Die Teams waren inzwischen so weit auseinandergerissen, dass am Schluss nicht mehr alle Wagen das Ziel erreichten. In den 800 Meilen seit Santarém hatten Menschen und Ausrüstung so sehr gelitten, dass kurz vor dem Ende nicht wenige an der Transamazonica zerbrachen. Ulrich und ich fuhren im Pulk mit drei anderen Jeeps und wir winchten uns gegenseitig durch riesige Schlammteiche. An den Wettbewerb dachte inzwischen keiner mehr. Wir hatten nur noch ein einziges Ziel: Durchkommen!

Wie die meisten war ich in den letzten Tagen schweigsamer geworden. Was gab es auch schon zu sagen? Das bisschen Kraft, das einem geblieben war, wurde aufgespart. Wir wechselten uns in immer kürzeren Abständen am Lenkrad ab, weil sich unsere Energie sehr schnell verbrauchte. Fiebrige Augen suchten nach einer Passage durch den bodenlosen Morast. Übermüdet konnten wir Wirklichkeit und Halluzination kaum unterscheiden. Wie in Trance fuhren wir auf dem trügerischen Pfad, immer einen Fuß auf der Bremse, da wir unseren Sinnen nicht länger vertrauten.

Auf den letzten zehn Kilometern vor Manaus war das Knacken der Radlager unseres Jeeps nicht mehr zu überhören. »Was machen wir?«, fragte Ulli, »Weiterfahren oder campen?« Seine müden Augen waren entzündet – Staub, Matsch und Schweiß hatte eine dicke rote Maske auf sein Gesicht gelegt. Ein Verkanten der abgenutzten Radlager konnte zur Folge haben, dass wir endgültig im Dschungel liegen blieben. Aber so kurz vor dem Ziel aufgeben?

»Wir fahren weiter«, sagte ich. Es war mir inzwischen alles egal. Ich sehnte mich nur noch nach einer anständigen Dusche, gutem Essen und einem sauberen Bett. Und schlafen, ewig schlafen. Die restlichen Kilometer wurden zu einem Kampf um das Überleben unseres Rovers. Wie auf rohen Eiern bewegte Ulrich das schwere Fahrzeug über die Buckelpiste. Vor uns öffnete sich mit einem Mal die grüne Wand und gab den Blick auf eine Straße frei. Eine richtige asphaltierte Straße. Seit zwei Wochen hatten wir so etwas nicht mehr gesehen. Vor Überraschung blieben wir stumm. Dann explodierte die Freude und Glückseligkeit und brach sich in einem Aufschrei Bahn. Wir sprangen aus dem Wagen und tanzten wie verrückt um den Rover herum. Ich spürte Tränen an meinen Wangen kitzeln. Ulrich umarmte mich fest und lachte über das ganze Gesicht.

Als wir endlich das Holiday Inn Hotel in Manaus erreichten, waren wir so kaputt wie unser Jeep. »Não venha aqui, do not come in«, rief uns der Portier zu und wollte uns nicht reinlassen. Verdreckt und abgerissen, wie wir aussahen, war es ihm nicht mal zu verdenken. Erst dem Manager konnten wir verständlich machen, dass für uns Zimmer reserviert waren.

»Wie erholsam eine Dusche, trockene Kleidung und zwei Stunden Schlaf doch sein können«, stellte ich am Abend fest. Wie ein neuer Mensch fühlte ich mich. 1.000 Meilen lebensfeindlicher Dschungel lagen hinter mir. Ein Gefühl der Euphorie durchflutete meinen Körper. Ich spürte das Blut durch meine Adern rauschen und empfand eine nie da gewesene Befriedigung. Ich hatte etwas geschafft, womit keiner gerechnet hatte. Am wenigsten ich selber. Ich berauschte mich an dem glückhaften Erstaunen, das in großen, heißen Wellen in mir aufstieg.

Beinahe tanzte ich durch die Hotellobby zu den anderen Kameraden. Schließlich gab es noch was zu feiern: Die Italiener Maurizio und Alfredo hatten die Camel Trophy 1984 gewonnen. Fahrer, Helfer, Techniker, Ärzte und Chiefs, alle umarmten sich und lachten wie wild. Ein Sieg über die härteste Straße der Welt, ein Sieg über sich selbst. Spät abends saß ich neben Ulli an der Bar und fragte ihn, ob seine Abenteuerlust jetzt befriedigt sei und die Trophy schön war? »Wenn es vorbei ist – ja«, meinte er lächelnd und nahm einen großen Schluck Bier.

Nachtrag

Als 24-jährige, abenteuerlustige Studentin hatte ich mich zur Camel Trophy angemeldet. Ich war fasziniert von den Berichten und Filmen über diese Challenge und wollte unbedingt dabei sein. Ich habe leider nie eine Antwort erhalten und die wildeste Autorallye der Welt wurde 1999 eingestellt.

I want to be a part of it

Pamela Menzel

Gänsehaut breitet sich auf meinem Körper aus. Schauer laufen mir den Rücken herunter. Und ich habe Tränen in den Augen – Tränen der Freude. Aber richtig fassen kann ich das alles noch nicht.

Ich habe geträumt von dir, mal mehr, mal weniger intensiv. Aber du warst unerreichbar für mich. Und dennoch habe ich es geschafft. Nach all den Jahren, in denen ich regelmäßig voller Leidenschaft geplant habe, es aber nicht schaffte, meine Pläne in die Tat umzusetzen, bin ich tatsächlich hier. Ich kann dich fühlen, hören, riechen und mich vollkommen in dir verlieren. Klar, nicht alles an dir fühlt sich gut an, dein Lärm ist manchmal ohrenbetäubend und nervtötend, deine Hektik stresst zuweilen und nicht überall riechst du gut. Aber ich habe es geschafft – endlich bei dir, in dir, mit dir. Allerdings weiß ich, dass ich dich wieder verlassen muss. Die Sehnsucht nach dir wird mein Leben lang anhalten.

Über Jahre hinweg konnte ich Tage damit verbringen, Flugpreise zu vergleichen, Hotels anzuschauen, Öffnungszeiten herauszusuchen und Spaziergänge zusammenzustellen. Zu Beginn immer anhand von Reisekatalogen und Reiseführern. Später, während und nach meiner Ausbildung zur Reiseverkehrskauffrau, saß ich dann unmittelbar an der Quelle. Wie bittersüß dieses Gefühl war, wenn uns als Mitarbeitern eines Reisebüros besondere Reisepreise eingeräumt wurden, und ich dennoch wusste, ich würde diese Angebote niemals wahrnehmen. Immer wieder hatte ich diese Planungszeiträume. Immer wieder stellte ich mir meine Reisen zusammen. Immer wieder verschloss ich anschließend alles fein säuberlich in einem

Karton und schob ihn unglücklich für die nächsten Wochen und Monate außer Sichtweite.

Um zu dir zu kommen, musste ich das Fliegen lernen. Nicht Fliegen im Sinne von „ein Flugzeug steuern". Ich musste lernen, meine Ängste zu überwinden und befreit davon in ein Flugzeug zu steigen, um die Distanz zwischen uns zu überwinden. Damit würde ich mir gleichzeitig zwei Lebensträume erfüllen. Fliegen ohne Angst – und endlich zu dir zu kommen.

Bis heute weiß ich nicht, woher diese Flugangst kam. Sie steigerte sich von Flug zu Flug, ohne dass es einen ersichtlichen Grund gab. Trauriger Höhepunkt wurde ein Flug von Italien nach Köln, währenddessen ich hyperventilierend und regelrecht starr vor Angst auf meinem Fensterplatz saß und nicht mehr zu beruhigen war. Die Stewardessen beratschlagten, ob sie einen Krankenwagen auf das Rollfeld bestellen oder mich zu den Piloten ins Cockpit setzen sollten. Sie entschieden sich für Letzteres, und so fand ich mich zwischen den beiden Piloten wieder. Bereitwillig und äußerst zuvorkommend erklärten sie mir jeden Handgriff, gaben dort oben am Himmel den Reiseführer für mich und schafften es tatsächlich, mir zumindest für diesen kurzen Moment meine Flugangst zu nehmen.

Dann kam der 11. September 2001. Flugzeuge wurde entführt, als Waffen benutzt und in Häuser gestürzt. Menschen wurden getötet und mit ihnen mein Traum begraben. In diesen Tagen war für mich klar, dass ich niemals wieder ein Flugzeug betreten würde. Unklar war stattdessen, wie du diese Anschläge verkraften würdest, wie es zukünftig in dir aussehen würde. Ich litt mit dir vor dem Fernseher.

Als eine von vielen neuen Sicherheitsmaßnahmen blieben Cockpittüren von nun an verschlossen: Passagiere haben keinen Zutritt mehr. Nach den Anschlägen stornierte ich meine Flüge nach England und Irland, wo ich in diesem Jahr noch Urlaub machen wollte. Meine regelmäßig wiederkehrenden Planungen stellte ich komplett ein. Du warst für mich unerreichbar geworden, mein Traum gestorben.

Jedoch gehört aufgeben nicht zu meinen Charaktereigenschaften. Es verging ungefähr ein Jahr, und ich nahm den Kampf gegen die Angst wieder auf. Ich buchte ein Wochenendseminar bei der größten deutschen Fluggesellschaft. Verbrachte einen ganzen Samstag und Sonntag mit neun anderen Menschen, die alle das gleiche Ziel hatten – und versagte auf ganzer Linie. Während sich die neun mutig auf ihre Abschlussflüge begaben, fuhr ich weinend nach Hause. Ich hatte es wieder nicht geschafft, meine Angst vor dem Fliegen zu überwinden. Trotzdem sah ich an diesem Punkt zwar diese eine Schlacht, aber noch nicht den ganzen Krieg verloren.

Wenige Monate nach dem gescheiterten Seminar lernte ich jemanden kennen, der zufälligerweise den gleichen Traum hatte. Wir wurden ein Paar, zogen zusammen und ich begann wieder zu planen. War ich früher meist damit zufrieden, wenn ich plante und meinte, ich könnte ja, wenn ich wollte, so wollte ich dieses Mal meine Planungen unbedingt zum Abschluss der Reise führen.

Ich recherchierte einen anderen Anbieter, dessen Konzept der Flugangstseminare sich von dem ersten dahingehend unterschied, dass er seine Schulung mit maximal zwei Teilnehmern durchführte. So hatte er ausreichend Möglichkeiten, auf jeden Einzelnen einzugehen. Um mich nicht zusätzlich unter Druck zu setzen, erzählte ich niemandem von dem neuerlichen Seminar, meldete mich an und fuhr nach Düsseldorf. An diesem Tag arbeitete ich, mein Ziel vor Augen und zum Greifen nah, so intensiv und verbissen gegen meine Ängste an, dass ich am Abend meine Zusage für unseren Abschlussflug gab. So machte ich mich am kommenden Tag mit dem Zug auf den Weg zum Flughafen Düsseldorf. Die zweite Seminarteilnehmerin hatte einen anderen Termin für ihren Abschlussflug gewählt und so hatte ich meinen Fluglehrer und dessen Aufmerksamkeit für mich allein. Schweißgebadet und mit schlotternden Knien betrat ich die Maschine, die uns nach Mallorca und nach einem kurzen Aufenthalt für den Passagierwechsel direkt wieder zurückbringen würde.

Jedes noch so leise Geräusch wurde mir genauestens erklärt. Stürzte das Flugzeug früher in meinen Gedanken bei jedem Klappern oder Rumpeln ab, konnte ich nun alles bestimmten Abläufen zuordnen. Ich lernte die entsprechenden Geräusche der Hydraulik, den Triebwerken, dem Fahrwerk und auch dem Ein- und Ausfahren der Start- und Landeklappen zuzuordnen. Beim Start zerquetschte ich noch die Hand meiner Begleitung, konnte mich aber dank seiner Hilfe und Erklärungen von Minute zu Minute mehr entspannen. Während unseres kurzen Aufenthalts am Zielort besorgte ich in einem Flughafenshop einige mallorquinische Spezialitäten als Beweis, dass ich tatsächlich dort gewesen war und versendete SMS mit sonnigen Grüßen aus Mallorca. Meinen Freund bat ich, mich doch bitte in etwa zwei Stunden vom Flughafen Düsseldorf abzuholen.

Ich musste lachen, als ich mir die Gesichter meiner Freunde vorstellte, während sie meine Nachrichten von der spanischen Mittelmeerinsel lasen, glaubten sie mich doch alle zuhause auf dem Sofa. Gut gelaunt betrat ich erneut die Maschine für den Rückflug. Zwar schlug mir mein Herz bis zum Hals, als wir auf die Startbahn fuhren, der Pilot Schub gab, das Flugzeug immer schneller wurde und wir abhoben, aber ich konnte mittlerweile meinen Flugcoach vor weiteren Quetschungen und Schmerzen bewahren. Unmöglich Geglaubtes wurde wahr, während des Fluges war ich so entspannt, dass ich tatsächlich ein kurzes Schläfchen machte. Das wäre vor zwei Tagen noch undenkbar gewesen.

Wir landeten, passierten die Passkontrolle und ich fiel meinem tatsächlich dort wartenden, jedoch ein wenig irritierten Lebensgefährten in die Arme. Mein Coach war zu meinem persönlichen Helden avanciert. Auch wenn ich nach wie vor ein Flugzeug nicht laut jubelnd betrete, so hat er mir doch den Traum von einem angstfreien Fliegen erfüllt und mir so einen erheblichen Anteil an Lebensqualität zurückgegeben.

Nun konnte ich es aber nicht mehr erwarten, nach Hause zu kommen. Wir hatten November und die Zeit rannte. Ich stürzte mich an meinen Computer. Wir stöberten im Internet und überlegten hin und her. Fanden dann ein unschlagbares Angebot und buchten Flüge und Hotel. Ich konnte es nicht fassen. Einer meiner Lebensträume war auf einmal, nach all den jahrelangen theoretischen Planungen, tatsächlich zum Greifen nah. In noch nicht einmal drei Wochen sollte ich dich endlich kennenlernen.

Es ist so weit. Es gibt kein Zurück mehr. Ungläubig und doch noch sehr nervös schaue ich aus dem Fenster. In der morgendlichen Dämmerung zieht der Frankfurter Flughafen an mir vorbei. Mein Puls beschleunigt sich, ich drücke, so fest ich kann, die Hand meines Freundes, spanne jeden einzelnen Muskel in meinem Körper an und lasse erst locker, als ich merke, dass die Maschine abgehoben hat. Das hilft gegen das restliche, noch minimal vorhandene Angstgefühl! Die Boeing 747 der Singapore Airlines arbeitet sich schwerfällig Meter um Meter in die Höhe. Die Startphase bereitet mir noch einige Schwierigkeiten, aber mit Erreichen der Reiseflughöhe geht es mir wieder gut. Nun liegen sieben Stunden Flugzeit vor mir und dann ist es geschafft, dann wird mein Traum Wirklichkeit.

Wir landen und kurz darauf betrete ich deinen Boden. Endlich kann ich diesen Haken auf meiner Löffel-Liste machen: Ich bin in New York!

Wir fahren mit einem Bus vom John F. Kennedy Airport in Richtung Brooklyn Bridge. Deine Skyline breitet sich vor uns aus und mir stockt das erste Mal während dieser Reise der Atem. Noch sehr oft werde ich in den kommenden Tag staunen und genießen. Am Port Authority Bus Terminal müssen wir umsteigen. Wir befinden uns mitten in deinem Herzen, nur einen Block vom Times Square entfernt. Gerne würden wir direkt hierbleiben, aber wir müssen noch ein Stück weiter nach New Jersey, um in unserem Hotel einzuchecken. Aber es ist erst mittags. Ich habe jahrelang auf dich gewartet, da kommt es auf ein oder zwei Stunden wirklich nicht mehr an. Wir bringen unser Gepäck aufs Zimmer und fahren unmittelbar wieder zurück nach Manhattan.

Gänsehaut breitet sich auf meinem Körper aus. Schauer laufen mir den Rücken herunter. Und ich habe Tränen in den Augen – Tränen der Freude. Aber richtig fassen kann ich das alles noch nicht.

Ich habe geträumt von dir, mal mehr, mal weniger intensiv. Aber du warst unerreichbar für mich. Und dennoch habe ich es geschafft. Nach all den Jahren, in denen ich regelmäßig voller Leidenschaft geplant habe, es aber nicht schaffte, meine Pläne umzusetzen, bin ich tatsächlich hier. Ich kann dich fühlen, hören, riechen und mich vollkommen in dir verlieren. Klar, nicht alles an dir fühlt sich gut an, dein Lärm ist manchmal ohrenbetäubend und nervtötend, deine Hektik stresst zuweilen und nicht überall riechst du gut. Aber ich habe es geschafft – endlich bei dir, in dir, mit dir.

Wir haben Dezember, Vorweihnachtszeit. Die ganze Stadt ist geschmückt, es blinkt und glitzert zusätzlich zu den üblichen Lichtern der Stadt in allen Straßen und Schaufenstern. Als wir am nächsten Tag mit einem Schiff an der Freiheitsstatue vorbeifahren, wird mir in diesem Moment erst richtig bewusst, dass ich tatsächlich in New York bin. Dass ich es geschafft habe. Dass ich nicht aufgegeben habe und dass ich mir einen meiner ganz großen Lebensträume erfüllt habe. Ich weiß, die meisten Menschen werden sagen, dass dies nichts Besonderes ist. Dass so ein Traum in der heutigen Zeit mit den gegebenen Reisemöglichkeiten an Banalität kaum zu überbieten ist. Vielleicht haben sie recht? Aber dennoch schien dieser Traum lange Zeit für mich unerreichbar. Um hierher zu kommen, musste ich sehr schwer an mir und meiner Angst arbeiten.

Wir verbringen wundervolle Tage in New York und spulen das komplette Programm ab, das man als Tourist während seiner ersten Reise zu dir unternimmt. Wir besuchen Miss Liberty und Ellis Island, fahren hoch aufs Empire State Building und bestaunen dich, wie du uns zu Füßen liegst. Wir spazieren durch den Central Park, über den Broadway und entlang der Schaufenster der Luxusgeschäfte an der 5th Avenue. Wir gehen über die Brooklyn Bridge und durch China Town. Am Ground Zero denke ich zurück an den Tag, an dem du und deine Bewohner so schwer getroffen wurden. Ein dicker Kloß sitzt in meinem Hals fest, als wir um diese riesige Baustelle, die zurückgeblieben ist, ins World Financial Center gehen.

Staunend stehe ich auf dem Trinity Church Cemetery mit seinen alten Gräbern aus dem 17. Jahrhundert, während direkt am Friedhof in der Wall Street ein Wahnsinn aus Tourismus und Milliardengeschäften tobt. Wir sind begeistert von deinen Bewohnern, die mitten in ihrer Hektik stoppen und fragen, ob man Hilfe benötigt, wenn man unwissend in seinen Stadtplan schaut, oder die einem anbieten, uns zusammen zu fotografieren, weil sonst immer nur einer von uns beiden vor den Sehenswürdigkeiten posieren kann.

Viel zu viel Geld geben wir beim Shoppen aus, aber die Versuchung ist bei diesen vielfältigen Angeboten und deren Preisen auch einfach zu groß. Wir schaffen es keinen Tag ins Hotel zurück, ohne schwer bepackt zu sein. Ein Weg führt uns zur Linken an der City Hall und zur Rechten an der

1 Centre Street, dem Manhattan Municipal Building vorbei, noch nicht ahnend, dass wir fast auf den Tag genau zwei Jahre später wieder hier sein und dort heiraten werden.

Man sagt, entweder man liebt dich oder man hasst dich. Ich habe dich auf der Stelle geliebt. Und von diesem Moment an musste ich meine Löffel-Liste das erste Mal um einen weiteren Punkt ergänzen. Irgendwann möchte ich einige Zeit in dir leben und schreiben. Möchte mich von deinen Menschen, Gewohnheiten, deiner besonderen Art und den nächtlichen Lichtern inspirieren lassen und dich mit Haut und Haaren erleben.

Einerseits erstaunt es mich, andererseits finde ich es sehr schön, wie das Verwirklichen und die Erledigung eines Punktes auf der persönlichen Löffel-Liste unter Umständen das Entstehen weiterer Punkte, Wünsche und Träume nach sich zieht.

Auf der zweiten Reise war unsere Tochter bereits geboren und sie begleitete uns. Ein Jahr später wurde unser Sohn geboren. Er bekam den Namen des Jungen aus dem Film „Schlaflos in Seattle": Jonah. Diejenigen unter euch, die den Film kennen, wissen, dass Jonah von zuhause wegläuft, um auf dem Empire State Building eine Verabredung mit einer Frau einzuhalten, die er als neue Frau seines Vaters auserkoren hat. Dort oben vergisst er seinen Rucksack. Dieser Rucksack steht heute als Touristengag noch dort. Ich habe unserem Jonah versprochen, dass wir „seinen" Rucksack irgendwann dort abholen werden ...

Löffel in gute Hände abzugeben

Carsten Koch

„*Althochdeutsch laffan, mittelhochdeutsch laffen: Schlürfen, lecken, ein Löffel war kostbar und wurde früher vererbt*"

Quelle: Wikipedia

Ich habe keine Löffel-Liste. Diese Liste mit den Dingen, die man erleben möchte, bevor man den Löffel abgibt und nie wieder etwas zu Nahrungszwecken zu sich nimmt. Es gibt nichts, was ich in diesem Leben noch erreichen möchte. Keine Wünsche, keine besonderen Reiseziele, einfach nichts. Wohin auch immer ich fahren würde, es wäre nicht wichtig, wenn ich es nicht mehr schaffen würde.

Lebe jeden Tag, als wäre es dein Letzter. So lebe ich schon lange, jedenfalls immer dann, wenn es mir bewusst wird. Ansonsten versuche ich, jeden Tag einfach nur zu überleben. Aufstehen, nachdem der Wecker mich dazu gezwungen hat. Die Arbeit braucht mich. Mein Arbeitgeber würde auch jemand anderen brauchen, der diese Arbeit erledigt. Wach werden mit Kaffee, anders geht es nicht; ich bekomme rasende Kopfschmerzen, wenn der Kaffee mal aus irgendeinem Grund nicht möglich ist. Körperhygiene, anziehen, ohne besonderen Wert auf Chic und Mode zu legen. Praktisch muss es sein und den Tag durchhalten, so wie ich. Der Weg zur Arbeit mit den immer gleichen Stopps vor den immer gleichen Ampeln. Zwölf Minuten, wenn es gut läuft – fünfzehn, wenn nicht. Parkhaus mit Parkplatz immer im gleichen Block. Die gleichen Autos neben mir. Manchmal frage ich mich, wer diese

Wagen jemals fährt. Werden sie überhaupt bewegt? Wie sehen Leute aus, die ihre Autos Tag und Nacht im Parkhaus lassen. Über und über mit Staub bedeckt sind sie, die Reifen platt und mit lange schon abgelaufenem TÜV stehen sie da. Wohin sind diese Menschen verschwunden? Liegen sie irgendwo gemütlich an einem Strand im Süden? Ohne jeden Gedanken an das staubige Auto im Parkhaus leben sie vielleicht nur in den Tag hinein. Wie beneidenswert ein solches Leben doch ist.

Ich hingegen muss arbeiten, um das monatlich viel zu knappe Geld zu verdienen. Es ist eine harte Arbeit, eine Arbeit, die gleichgültig macht und emotionale Spannung erzeugt, die ich auch im Schlaf nicht loswerde. Dennoch kann ich mir nichts anderes für mich vorstellen. Es ist eine Art Hassliebe, die mich und meine Arbeit verbindet. Ich könnte zuhause mehr schaffen, wenn ich nicht arbeiten müsste. Im Urlaub sitze ich dann zuhause und sehne mich nach meiner Arbeit. Schaffe nichts, kriege nichts geregelt. Ich bin ein Anspruchserfüller. Ich erfülle brav alle Forderungen, die mir gestellt werden. Zu Hause, am Arbeitsplatz, im Verein, bei den Kindern, der Frau, im Straßenverkehr.

Mein Leben ist unerfüllt, besteht aus ewigen Träumen. Ungreifbare Träume, keine fassbaren Dinge, die es zu verwirklichen gäbe. Keine Liste der unerledigten Wünsche, ich habe keine Wünsche. Oder doch, ich möchte glücklich sein. Lächerlich, nicht wahr? Ich habe doch alles. Kinder, Frau, ein Hobby, Arbeit, Geld, einfach alles. Eine große Wohnung mit Garten, Hund, Katze und ein tolles Auto. Ich habe einfach alles. Außer das Gefühl, glücklich zu sein. Man respektiert mich, ich respektiere die anderen, ich sollte zufrieden sein. Bis an mein Lebensende.

Doch da ist das bohrende und nagende Gefühl, dass etwas fehlt. Nur so aus Spaß mache ich einen Test im Internet. Depression! Volltreffer, sagt der Test. Ich bin hochgradig depressiv. Ich mache einen Test zum Burn-out. Ebenfalls volle

Punktzahl – verdammt! Der folgende Test prüft meine suizidale Neigung. Auch hier bin ich gefährdet, müsse dringend mein Leben überprüfen und mich in ärztliche Behandlung begeben. Ich gehe nie zum Arzt. Wozu auch? Ich bin gesund. Erschreckend langweilig gesund. Wozu sollte ich mich zwischen die alten Leute in ein Wartezimmer setzen? Ich bin wütend. Mache einen Test zur Aggressionsprüfung. Volle Punktzahl, nun bin ich aggressiv, depressiv, suizidgefährdet und ausgebrannt. Toll, wirklich toll. Ich habe nahezu alle psychischen Störungen, die ein Mensch haben kann. Ich bin eine wandelnde Störung. Vermutlich ist das der Grund, warum ich nicht glücklich sein kann. Noch einmal, ich habe alles. Auto, Familie, Wohnung, Arbeit, Nebenjob und Verein. Was braucht ein Mann mehr? Sex? Ist mir inzwischen zu anstrengend geworden. Die Frau ist außerdem sehr glücklich, wenn ich sie in Ruhe lasse. Abenteuer? Ach herrje, ich und Fallschirmspringen oder Klettern? Mir wird schon schlecht, wenn ich nur im Bus auf der Rückbank sitzen muss. Die Ratgeber im Internet sprechen von Zielen, die ein Mensch haben muss. Sonst würde er depressiv. Haha, ich BIN depressiv, sagen die Tests. Ich brauche ein Ziel, mindestens eines. Am besten jetzt sofort, damit ich es hinter mir habe.

Ein Ziel, verdammt noch mal. Welche Ziele hat ein Mann, der alles hat? Reichtum? Wozu? Damit man täglich Angst um sein Vermögen haben muss? Sex mit anderen Frauen? Nein, zu anstrengend und außerdem mit fortwährender Verpflichtung zur Freundlichkeit. Kinder? Um Gottes willen, bloß nicht noch mehr. Reisen? Ach, diese Mühen mit den Koffern und außerdem ist das Schlafen in fremden Betten nun wirklich nicht mehr das, was mir gefallen könnte. Abgesehen davon habe ich feststellen müssen, dass alle schönen Orte dieser Welt von Touristen überlaufen werden. Und sie sind viel kleiner in der Realität als sie im Fernsehen wirken. Da sind mir die Rundflüge auf meinem großen Fernsehbildschirm tausendmal lieber als der Anblick vor Ort in Hitze und Gestank.

Ich brauche ein Ziel, zermartere mir das Gehirn. Was machst du eigentlich, wenn du plötzlich stirbst? Was wäre dein letzter Gedanke? Das ist einfach zu beantworten. Ich würde »Scheiße!« denken. Dieser Gedanke lässt mich grübeln. Wieso fluche ich in der letzten Sekunde meines Lebens? Sollte ich nicht vielmehr das Licht am Ende des Tunnels begrüßen, Angst haben oder irgendwie mein Leben vor meinem inneren Auge vorüberstreifen sehen? Nichts von alledem. Ich denke »Scheiße!« Welch ein Irrsinn! Ich habe doch alles und warum soll auf einmal mein letzter Gedanke solch ein Dreck sein? Gut, die Kinder können mich nicht leiden, meine Frau weicht mir aus und die Wohnung ist ohnehin nicht von mir eingerichtet. Ich lebe hier nur. Wenn ich recht darüber nachdenke, besteht mein Leben nur aus einem Gerüst aus Verbindlichkeiten ohne Eigeninitiative. Lachen kann ich ohnehin nur noch, wenn wir uns im Freundeskreis schmutzige Witze erzählen. Wobei ich die alle schon viel zu gut kenne, und was meine Freunde angeht, so sind die nicht wirklich Leute, mit denen ich intime Details besprechen würde. Ein verdammtes, langweiliges Verpflichtungs-Drecksleben habe ich da. Was habe ich eigentlich von diesem ganzen Krampf, in dem ich lebe? Außer der Pflicht, täglich brav anwesend zu sein, in meiner Betthälfte zu schlafen, die Wäsche in den Keller zu tragen und dafür zu sorgen, dass die wöchentlichen Einkäufe in den Kühlschrank kommen, gibt es nichts. Das könnte auch jemand anderes. Ebenso wie meinen Job. Den will der Kollege sowieso haben, und eigentlich wäre es eine gute Idee, sie alle einmal machen zu lassen. Es geht auch ohne mich.

Das ist es! Es geht auch ohne mich. Ich gehe. Weg, einfach weg. Ich gehe fort und komme nicht wieder. Ein hübsches Ziel ist das. Nein, ein dämliches Ziel ist das. Wohin sollte ich gehen? Was soll ich da? Es klingt ja ganz nett mit dem Abhauen und neu Anfangen. Aber was soll das sein? Eine Weisheit sagt, jeder Weg beginnt mit dem ersten Schritt. Und was dann? Im schlimmsten Falle stehst du da, hast den ersten

Schritt gemacht und nichts mehr. Außer dem Geschrei deiner Frau, der Kündigung am Arbeitsplatz und des Verlustes aller Geldreserven. Für einen angefangenen Traum ist das ein verdammt hoher Preis. Einfach weg. Am Morgen ins Auto setzen wie immer und statt zur Arbeit einfach geradeaus fahren. Bis ans Meer. Die Kinder würde es verkraften. Die sind alt genug, um auf eigenen Beinen zu stehen. Ich frage mich sowieso, warum Leute mit Mitte zwanzig noch bei den Eltern wohnen müssen. Wenn ich heute stürbe, hätten sie auch keine andere Wahl, als alles allein zu regeln. Einfach weg. Das Konto heimlich plündern, ins Auto und einfach immer nur geradeaus, bis es nicht mehr weiter geht. Ein kleines Haus am Meer, oder an einem See. Weit weg von allen Menschen und dennoch mit allem, was mir wichtig ist. Ein paar Bücher kann ich unterwegs oder später noch einkaufen. Ein Bett für mich allein und sonst nichts. Kein Luxus, kein Überfluss; nur einen Computer und die Chance, endlich das Buch fertig zu schreiben, das ich als Kind schon angefangen habe. Weg, raus hier. Ich habe das Gefühl, ich ersticke in diesem spießigen Mief um mich herum.

Kindheit, Jugend, wenn ich zurückdenke, dann fallen mir tausend Dinge ein, die ich unternehmen wollte, wenn ich mal erwachsen bin. Brunnen in Afrika bauen, Bauanleitungen für sensationelle Geräte schreiben, Erfindungen machen und später soziale Projekte tatkräftig unterstützen. Mal ganz abgesehen vom Traum, einfach nur geliebt zu werden. Nichts von alledem habe ich verwirklicht. ICH habe mich nicht verwirklicht. Bin ein träger, alter Spießer geworden. Keine karierten Baumwollhemden, keine breite Schultern, kein Bart im Gesicht, keine zarte und dennoch kräftige Frau an der Seite, die mit mir grinsend in die Kamera schaut, mitten in Afrika. Einen Dreck habe ich getan. Mein Gott, was haben meine Frau und ich früher alles vorgehabt? Wir wollten die Welt bereisen, Greenpeace aktiv unterstützen und Vorbilder für die ganzen faulen Massen an Menschen in Deutschland sein. Nichts von alledem haben wir getan. Wir sind am Alltag gescheitert, die Routine hat unsere Kreativität und unseren Schwung gefressen. Ich muss weg hier, sofort und auf der Stelle. Sofort aufstehen, einfach raus hier. Den letzten Kaffee nicht mehr austrinken, die wenigen persönlichen Dinge einpacken. Eine kleine Reisetasche reicht. Ein wenig Wäsche, das Bild der Kinder, das Sparbuch, den Fahrzeugbrief. Mein Herz schlägt wie verrückt, als ich den Autoschlüssel vom Schlüsselbund löse. Wie leicht er sich ohne die anderen anfühlt! Ich ziehe die Tür hinter mir zu, setze mich ins Auto und fahre los. Ein Stück weit fahre ich den Weg zur Arbeit. Es fällt mir schwer, daran vorbei zu fahren. Das schlechte Gewissen macht sich in mir breit. Es geht in unbekanntes Gebiet, ein unbekanntes Leben. Ich habe das Gefühl, etwas Schlimmes zu tun, etwas Verbotenes. Alles wehrt sich in mir dagegen, jetzt weiter zu fahren. In mir kriecht die Angst hoch. Bin ich denn wahnsinnig? Alles hinter mir zu lassen und zu flüchten? Mich aus der Verantwortung zu stehlen? Doch andererseits: Verantwortung für wen oder was?

An der Sparkasse halte ich an. Die Frau am Schalter schaut mich seltsam an, als ich das gesamte Guthaben vom Sparbuch verlange. Am Automaten leere ich mein Konto. Die Geldscheine passen nicht in meine Brieftasche. Ich stopfe alles in die Reisetasche. Mein Herz wummert jetzt bis in den Kopf. Ich habe etwas Verbotenes getan. Jetzt muss ich wirklich flüchten. Wenn das herauskommt, bin ich verflucht bis an mein Lebensende. Alle werden mich dafür hassen. Ziele! Ein Mensch braucht Ziele. Ich habe jetzt ein Ziel: Ich muss flüchten. Erst nach Stunden schalte ich endlich das Autoradio ein. Ich suche nach einem Sender mit Musik und beginne mich zu entspannen. Langsam konzentriere ich mich auf die Reise, beginne mich zu freuen. Es wird ein Abenteuer, auch wenn es vielleicht das Letzte ist, was ich in meinem Leben mache. Ich fahre und fahre, immer gerade aus Richtung Süden. Das Ende Deutschlands ist erreicht, die Schweiz durchquert, Italien befindet sich unter den Reifen des Autos. Die Reisetasche liegt hinter mir, die ersten Scheine sind für Benzin und ein wenig Essen ausgegeben. Fahren, fahren, fahren, in mir summt ein Lied aus der Jugendzeit „Wir fahr´n, fahr´n, fahr´n auf der Autobahn" von Kraftwerk. Langsam bezähme ich meine Angst. Ein dumpfes Gefühl bleibt zurück. Ich glaube, ich habe einen Fehler gemacht, der unumkehrbar ist. Was wohl die Leute daheim denken? Noch glauben sie, ich wäre am Arbeitsplatz. Am Arbeitsplatz wird man sich Gedanken machen, weil ich fehle. Oder jemand verbreitet das Gerücht, ich wäre in einer Besprechung und niemand vermisst mich. Vielleicht ist aber auch alles ganz anders und die Polizei sucht nach mir. Doch ganz bestimmt nicht in Italien. Noch nicht?

Eine Raststätte, ich strecke die Beine aus, schaue auf die Autobahnkarte im Restaurant. In Kürze werde ich eine Entscheidung fällen müssen. Weiter nach Süden Richtung Sizilien oder rechts Richtung Spanien und die Mittelmeerinseln? Wieder auf der Autobahn entschließe ich mich für die Fahrt Richtung Westen. Neun Stunden bin ich schon unterwegs und ich sollte jetzt daheim sein. Essen wäre fertig und wir würden schweigend am Tisch sitzen. Stattdessen fahre ich weiter Richtung Genua. Aus einem kurzen Impuls heraus steuere ich den Wagen an den Hafen und sehe die Fähren dort am Kai. Das Winken eines Einweisers beziehe ich spontan auf mich und als letztes Fahrzeug parke ich auf dem Fahrzeugdeck ein. Hundert Euro drücke ich dem Kassierer in die Hand und ich weiß nicht einmal, wohin ich jetzt gefahren werde. Eigentlich sollte ich das Fahrzeug verlassen, aber als die Lichter gedämpft werden, drehe ich den Sitz nach hinten und schlafe ein.

Die Ansage der Landung in irgendeinem Hafen weckt mich. Vorn gehen die Klappen hoch und mit laufendem Motor warten die Fahrzeuge vor mir auf die Freigabe der Ausfahrt. Ich bin dran, fahre hinaus in den strahlenden Sonnenschein und bin in einer Stadt, deren Namen ich noch nicht einmal kenne. Auf dem Ortsschild steht Bastia. Ich bin auf Korsika, einer Insel im Mittelmeer. Insel, so etwas Blödes aber auch. Das fühlt sich an wie eingesperrt zu sein. Ein Gefängnis mit Wasser statt Mauern? Mir nimmt der Gedanke fast die Luft. Doch die riecht unendlich gut, duftet nach Blumen und würzigen Kräutern. Immerhin sieht es hier sehr angenehm aus. Palmen stehen an den Straßenrändern, ein warmer Wind weht durch das offene Fenster. Ich sehe hohe Berge mit Schnee auf den Gipfeln und tiefblaues Meer. Und ich bin spontan verliebt. Verliebt in diesen Anblick. Rund hundert Kilometer weiter stehe ich mit dem Auto am Strand, die Berge hinter und den Sonnenuntergang vor mir.

Ich steige aus, setze mich in den warmen weichen Sand und ziehe die Schuhe aus. Ein zarter Wind streichelt mich. Ich schaue zu, wie die Sonne im Meer versinkt. In mir kehrt die Ruhe ein. »Ankommen« ist das Wort, das mir durch den Kopf geht. Ein Gefühl von daheim durchzieht meine Seele, während der warme Sand durch meine Finger rinnt. Das Rauschen der Wellen, das Zirpen der Grillen hinter mir, und tief in mir drin macht sich das Gefühl breit, genau das Richtige getan zu haben. Hier will ich bleiben und alt werden. Ein kleines Haus als Selbstversorger, das Buch schreiben und vielleicht ein paar gestressten Touristen zeigen, was im Leben wirklich Bedeutung hat. Ein Ziel! Ich habe jetzt auf einmal ein Ziel. Einen Wunsch, bevor ich eines Tages den Löffel abgebe. Ich sehe mich als alten gebeugten Mann mit vom Wetter gegerbtem Gesicht vor meiner Haustür stehen. Ein paar Hühner, vielleicht ein Schwein, ganz sicher ein Hund und ein paar Katzen streichen mir um die gebeugten Beine. Die Zukunft! Ich habe eine Zukunft. Eine schwere Last fällt mir in diesem Moment von den Schultern. Ich seufze vor Erleichterung. Einen Kuss spüre ich auf meiner Wange. Mir wird schmerzlich warm um mein Herz. Anne drückt sich an mich und flüstert: »Danke, hier will ich bleiben und mit dir alt werden.« Wir zwei, meine geliebte Frau und ich, wir werden es schaffen. Wir fangen heute neu an. Der Gedanke an die vielen Ängste während der Fahrt lässt mich lachen. Alles ist verflogen, es ist alles gut. Wir fangen neu an, nur wir zwei. Im Auto, auf dem Weg zu einer kleinen Pension am Strand, hören wir das Lied, das wir schon als Teenager laut und falsch gesungen haben. Während wir lachend »Hold on tight to your dreams« von E.L.O. mitsingen, verschwinden alle Sorgen hinter uns im Meer. Wenn wir zwei irgendwann den Löffel abgeben, machen wir im Himmel weiter. »Lebe jeden Tag, als wäre es dein Letzter.« Oh ja, Anna hatte heute Morgen recht daran getan, als sie einfach ihre Tasche packte und sich schweigend neben mich ins Auto setzte.

Epilog

Jeden Abend sitzen wir beiden Alten auf einer Bank vor unserem Häuschen aus Felsgestein in den Bergen an der Südküste. Wir blicken auf Porto hinab und erfreuen uns jeden Tag an der herrlichen Aussicht auf das blaue Meer und die roten Felsen der Steilküste. Um uns herum laufen die beiden Schweine, die vier Hühner gackern fröhlich und der Hund schnarcht zu unseren Füßen. Vor dem Einschlafen gilt mein letzter Gedanke immer wieder gern den Dingen, die ich noch tun würde, bevor ich sterbe. Einen Baum pflanzen, vielleicht auch zwei. Und die letzte Seite meines Buches schreiben. Anna und ich amüsieren uns noch heute köstlich über das Wort Löffel-Liste, spinnen Gedanken bis zum Ende. Denn Anne und ich verkaufen seit vier Jahren erfolgreich im eigenen Laden Produkte der Insel, auf der wir leben. Löffel aus heimischen Hölzern sind der Verkaufsschlager.

Eine Reise an das Ende der Welt

Sylvia Hubele

Ich hatte mir eine Tour durch die Wüste immer beschwerlich und schweißtreibend vorgestellt. In meiner Fantasie zogen mit Spezereien und Edelsteinen, Seidenstoffen und Aphrodisiaka beladene Kamele gemächlich jahrhundertealte Pfade entlang. Die Wege gesäumt von verendeten, unter ihrer Last zusammengebrochenen Tieren. Bleiche Schädel bleckten Zähne in die Sonne, durch hoch aufragende Rippenbögen pfiff Wüstenwind körnigen Sand. Reste graugelber Kamelhaut wehten gedörrt, von Aasgeiern zerrupft, über mumifizierten Leichen. Immer wieder die bange und lebenswichtige Frage: Ob dieser sandverwehte Pfad noch der richtige sei – oder würde er geradewegs in den hitzeflimmernden Horizont zu einer Fata Morgana führen, welche die Reisenden mit dem Trugbild einer Oase narrte und sinnenverwirrt verdursten ließ? Schwer bewaffnete und vermummte Söldner begleiteten und schützten Leiber und Leben der Reisenden und der Tiere. Denn manchmal überfielen mutige Krieger auf mageren Pferden die Karawanen, ihr Leben in den wenigen Oasen der Wüste war sonst zu schwer und karg.

Als ich die Reise ans Ende der Welt selbst begann, führte eine moderne Wüstenstraße geteert und schnurgerade zum Horizont, die scharf gezogenen Ränder von kleinen Sandwehen verwischt. Bis an den Südrand des alten Reiches fuhr ich in einem Konvoi klimatisierter Reisebusse.

Im Dunkel der Nacht noch hatte sich der Zug auf einem großen Parkplatz im Schutz der Militärs formiert, bevor es hinaus in die Todeszone ging. Blutjunge, hagere Soldaten in abgewetzten Uniformen und mit blank geputzten Uzis fuhren in jedem Fahrzeug auf den aussichtsreichsten Plätzen in der ersten Reihe. Ob gleich bewaffnete Männer aus den schwarzen Schatten der Sand- und Kiesberge die Busse stürmen würden?

Die Dunkelheit der Nacht ließ meine Fantasie Purzelbäume schlagen. Wie real war die Bedrohung?

Langsam zeigte sich am östlichen Horizont ein schmaler Lichtstreif, und genauso langsam erhob sich die Sonne zu ihrem täglichen Lauf. Die alten Ägypter glaubten, Nut, die alles überspannende, blaue Himmelsgöttin, schlucke jeden Abend die Sonne, um sie am Morgen neu zu gebären.

Die Straße war menschenleer. In größeren Abständen luden Haltebuchten ein, in der sandigen und felsigen Ödnis zu verweilen. Doch die Fahrzeuge rasten immer weiter. Ich warf einen Blick auf den Tacho: Die Nadel stand still am Anschlag. »Kaputt?« Der Fahrer schüttelte den Kopf unter seiner Kefijah: »No, Madam. Maximum speed.«

Drei lange Stunden bretterten die achtzig vollbesetzten Busse durch die Nubische Wüste bis zu einem riesigen, mit Stacheldraht umzäunten, leeren Parkplatz. Flache Gebäude säumten eine Längsseite: Toiletten – am Ende der Welt wurde die Zivilisation von Wasserklos verteidigt. Die Händler auf dem Weg zum Gasthaus wurden munter und kamen mit ihren Waren aus dem Dunkel ihrer Verschläge heraus: »Parlez-vous Francais?« – »Do you speak English?« – »Sprechen Sie Deutsch?«

Woran sahen die Händler, in welcher Sprache sie ihre Tücher und Figuren anbieten mussten? Ich schaute an mir herab: Was unterschied mich von den Israelis, die hinter mir gingen?

Ich sah mich um. Lächelnde Japaner posierten mit dem Victory-Zeichen vor ihren Kameras, rotgesichtige Holländer wischten sich mit blaukarierten Taschentüchern den Schweiß von der Stirn, zierliche Französinnen trugen entgegen aller Empfehlungen nur einen Hauch an Stoff. Globetrotter aus aller Welt, in Khaki uniformiert und mit schweren Objektiven bewaffnet, schraubten an den Bajonettverschlüssen der Spiegelreflexkameras. Die Menge schob sich langsam zu einem flachen Gebäude, das von einem starken Metallzaun umgeben war. Schwer bewaffnete junge Männer standen scheinbar gleichgültig herum. Doch unter den langen, schwarzen Wimpern musterten hellwache Augen jeden Einzelnen durchdringend beim Eintritt.

Hunderte von Menschen drängten sich durch die dämmrige Enge des Einlasses. Ausnahmslos jede Tasche wurde mit Röntgenstrahlen durchleuchtet. Noch ein kurzer Fußmarsch um den Hügel: Dort hielten sie ihre ewige Wacht. Seit 3.000 Jahren bewachen die ägyptischen Götter die nubische Grenze des alten Reiches. Ramses II. ließ einst die Tempel von Abu Simbel am Südzipfel seines Reiches bauen. Schon damals musste alles – Werkzeuge, Farbe, Brot und Zwiebeln – in Karawanen mühsam an das Ende der Welt geliefert werden. Nur die Steine nicht. Die Tempel wurden direkt in den Fels hineingeschlagen.

Menschenleer und vergessen lagen die Stätten über viele Jahrhunderte, bis sie wiederentdeckt wurden. Jetzt erwacht jeden Tag für zwei Stunden der freie Platz vor den Tempeln zu quirligem Leben. Reiseführer versammeln ihre Gruppen um sich und erklären mit Hilfe von Fotografien die Hieroglyphen und Bilder, die das Dunkel im Tempelinneren bewahrt hatte. Ich ging langsam zum Eingang des Tempels. Schlachtenszenen und abgeschlagene Köpfe zeigten Eindringlingen, was ihnen bevorstand, wenn Ramses mit seinem Streitwagen die Feinde Ägyptens besiegte, um sie der Göttin des Krieges zu opfern. Was würde der Pharao zu den modernen Eindringlingen sagen, die die heiligen Hallen in Massen stürmten?

Ich ging in die Tempel hinein, sah die Menschenmengen sich an den Wänden entlang schieben. Ich suchte Reste von Erhabenheit, doch fand ich nur weinende Kinder, dozierende Väter, staunende Bildungsbürger, fühlende Esoteriker – alles schob und drängelte, es blieb kein Raum für Stille und Besinnung.

Im Allerheiligsten saßen Ptah, Amun-Re, Ramses und Re-Harachte im Dunkel. Nur zweimal im Jahr, zur Sonnenwende, schien die Sonne einen kurzen Augenblick lang, wie einen Lidschlag der Ewigkeit, auf drei der Statuen. Jetzt erhellte ein Scheinwerfer die Kammer tief im Fels, damit die Besucher staunen konnten. Der Gestank nach ungelüfteter Wäsche, nach Schweiß und Deodorant, nach Schimmel und bereits hundertfach geatmeter Luft ließ mir den Raum immer kleiner werden. Rückten die Wände zusammen? Brauchten die Götter neue Nahrung?

Ich eilte hinaus, stolperte fast, geblendet vom Mittagslicht. In der Ferne glitzerte Wasser, kleine Wellen schlugen an steinige Ufer. Nichts wuchs rund um den See, der doch Leben spenden sollte und zur Bewässerung gestaut wurde. Ein Baum reckte schwarze, dürre Äste ins Himmelblau.

Im Mittagslicht auf der Rückfahrt sah ich, dass die Wüstenstraße wirklich von Kadavern gesäumt war: Zerfetzte Karkassen toter Reifen lagen zwischen Steinen, Geröll und Sand, waren der Jagd auf den Horizont mit maximaler Geschwindigkeit zum Opfer gefallen.

Die Tour

Harald Herrmann

Schon als Dreikäsehoch war ich ein Fan aller Gerätschaften, die irgendwie rollten. Das begann mit dem bunt bemalten Holzreifen, den man mittels eines Steckens antrieb und lenkte. Dann kamen dazu ein Tretauto und ein Tretroller, beides aus Holz.

Ich denke, meine Faszination für einspurige Fahrzeuge rührt aus dieser Zeit, denn manche Fahrzeuge wurden vom Vater selbst gebaut und bei der Planung für das Tretauto hatte er die Gegebenheiten glatt fehlinterpretiert. Das Eigengewicht des Fahrzeuges war zu hoch, die Gasse zu gefährlich zum einfachen Losrollen, grober Schotter rüttelte gewaltig an dem Fahrzeug – aber dass es beim Einlenken in die andere Richtung fuhr, das war für mich der Hauptgrund, das Fahrzeug zu meiden.

Mein Vater besaß eine recht gut eingerichtete Werkstatt, in der einige Maschinen mittels »Transmission« angetrieben wurden, auch eine Drechselbank, auf der die Räder der Fahrzeuge entstanden. In dieser Werkstatt stand jahrelang ein angefangener Bollerwagen mit zwei fertigen Rädern, die mit recht kunstvoll gedrechselten Speichen richtig toll aussahen. Da aber – aus welchen Gründen auch immer – bei dieser Arbeit eines der eingespannten Holzstücke herausgesprungen war und ihn empfindlich am Kopf getroffen hatte, verlief die Fertigstellung des Bollerwagens im Sande, besser gesagt, im Feuerloch des Werkstattofens, denn dort landeten schließlich die Rohlinge wie auch die fertigen Teile.

Folglich karriolte ich meist mit dem Tretroller herum, versuchte mit Omas Fahrrad schon mal das Radfahren und bekam dann mein erstes Fahrrad. Es ergab sich irgendwie, dass man als Landwirtssohn auch ohne Führerschein alle motorisierten Fahrzeuge weit vor der Zeit bewegte, zu der man offiziell durfte. Das führte dazu, dass ich nach Schulschluss als Dreizehnjähriger meist auf Opas Moped, einer DKW „Hummel", als Fünfzehnjähriger dann mit Papas NSU „Fox" mal schnell über Feldwege zu den Äckern fuhr, auf denen gerade gearbeitet wurde. Mit sechzehn bestand ich locker die Führerscheinprüfung, die mich zum Fahren des Schleppers und eines Kleinkraftrades berechtigte. Das passende Zweirad, eine „Herkules KS 50", war ausgesucht, da überraschte mich Opa mit einer großherzigen Geste – er schenkte mir sein Moped!

Aus der Traum vom schnellen Zweirad; wenn wir mit der Meute losfuhren, nahm ich notgedrungen auf dem Sozius meines Kumpels Udo Platz. Da ich kaum etwas trank, wechselten wir die Plätze zur Heimfahrt. Da musste ich recht vorsichtig fahren, er schlummerte bei der Ankunft meist ein wenig.

Bald wurde auch der Führerschein für das Auto angepeilt. In den Sechzigern machte kaum jemand den Führerschein für das Motorrad, ich auch nicht, aus der Traum vom Zweirad-Touren-Fahren …

Über die Jahre hinweg fuhr ich Mopeds und Motorroller, durch die neuen Bestimmungen für Führerscheinaltinhaber stieg die Kubikzahl der möglichen Fahrzeuge auf stolze 125 ccm – und mit Erreichen des Rentenalters kam für mich der Knaller, man konnte mit einigen Fahrstunden diese Grenze ändern auf Motorräder mit bis zu 48 PS!

Als ich dies in der Tageszeitung las, erklärte ich meiner Familie mehr zum Spaß, dass mich das „jucken" würde, im wahrhaft gesetzten Alter noch einmal mit dem Motorradfahren zu beginnen. Die Reaktion meiner drei Damen war lediglich: »Na, dann mach's doch!«

131

Gesagt, getan, alles ging locker über die Bühne. Der Fahrlehrer murmelte nach der ersten gefahrenen Acht etwas von „Schwarzfahrer", winkte aber ab, als ich auf meinen Roller deutete, und zog die Sache schnell durch. Ich erhielt die Erweiterung, und Udo Jürgens Lied „Mit 66 Jahren" bekam für mich eine völlig neue Bedeutung!

Mein Freund Peter, der das alles mitbekommen hatte, meinte trocken: »Zum nächsten Skatabend bringst du deinen neuen Führerschein mit – und stecke genug Geld ein, der muss begossen werden ...«

Als ich zum Skatabend in der Ratsschänke eintraf, war davor ein Motorrad aufgebockt, das wehmütige Erinnerungen wachrief. Hatte doch mein Vater sich nur die NSU „Fox" leisten können, so war die „Max" für ihn immer ein Traum geblieben – und genau dieses Fahrzeug stand nun da!

Ganz in Gedanken betrachtete ich dieses Fahrzeug, das nicht nur das kraftvollste Motorrad seiner Zeit in der entsprechenden Klasse war, sondern mit dem vollen Viertaktsound dies auch noch akustisch unterstrich. In diesem Moment erklang die Stimme von Peter hinter mir: »Na, möchtest du mal eine Runde damit fahren?«

»Ich, eine Runde, liebend gerne, aber wie, ich kann den Besitzer doch nicht einfach fragen ...«

»Frag doch einfach, ob du dieses Motorrad mal fahren darfst.«

»Wen denn?«

»Na den Besitzer.«

»Ich sehe hier aber niemanden.«

»Niemanden?«

»Ach du Sch... – DU ?! «

»Ja, ich! Du weißt doch, dass ich die Pflege meines alleinstehenden Onkels Karl, dem Bruder meiner Mutter, übernommen habe. Der war doch in seiner Jugend ein bekannter

Motorradrennfahrer bei NSU und hatte noch zwei Motorräder in der Garage. Er hat mir ja schon vor fünfzehn Jahren sein Haus überschrieben, mit Nießbrauch für ihn bis ans Lebensende. Nun musste er ins Pflegeheim, es ging nicht anders. Ich habe ihm versprochen, dass ich die Ausflugsfahrten mit seiner BMW mit Seitenwagen beibehalten werde, solange das Wetter es zulässt. Da es sehr sinnvoll ist, wenn noch eine zweite Person mich begleitet, habe ich ein Abkommen mit ihm getroffen, von dem ich dir nachher erzähle. Jetzt dreh erst mal ne Runde, ich will sehen, wie du mit dem Fahrzeug klarkommst. Das ist schon ne andere Fahrerei als mit den modernen elektronikgespickten Leisetretern.«

»Und unsere Skatkollegen?«

»Die warten, sie drücken sich jetzt gerade die Nasen an den Fenstern der Schänke platt. Hier, mein Helm, der passt dir auch, wir sind ja beide ausgeprägte Dickköpfe!«

Nun durfte ich also – zugegebenermaßen übervorsichtig – einige Runden um den Block drehen, zum Ende der vierten schwenkte Peter eine Zielflagge und meinte: »So, ich bringe das Geschoss nach Hause, morgen reden wir dann weiter über eventuelle Modalitäten der Fahrzeugübernahme.«

An diesem Abend verlor ich alle Runden beim Skatspielen. Das war mir aber komplett egal, ich fieberte nur dem nächsten Tag entgegen. Als ich nachts zu meiner Frau ins Bett krabbeln wollte, schnupperte sie kurz und brummelte nur:

»Du stinkst nach Schnaps! Ich hab dir im Wohnzimmer das Bett gemacht, Peter hat, als du kaum das Haus verlassen hast, angerufen und gemeint, das wäre besser! Seine Frau machte das Gleiche übrigens vorhin für ihn auch.«

Am nächsten Tag trafen wir uns bei Peter, wir saßen zu viert zusammen, und Peter ließ uns wissen, was er und sein „Onkel Karl" ausgemacht hatten … Die Motorräder waren schon mit der Hausübernahme offiziell in Peters Eigentum übergegangen, als Halter fungierte weiterhin sein Onkel, auf den auch die extrem niedrigen Versicherungen weiterliefen. Das Angebot an mich: Ich wurde gegen Zahlung von tausend Euro stolzer Besitzer der NSU „Max", einem Fahrzeug, das in diesem Zustand wie das von mir gefahrene locker den mindestens fünffachen Wert hatte. Dafür erklärte ich mich bereit, an mindestens fünfzehn Wochenenden mit Peter und dessen Onkel kleine Touren zu fahren und dabei Peter in der Versorgung des Onkels, speziell beim Umsetzen vom Beiwagen in den mitgeführten Rollstuhl und umgekehrt, zur Hand zu gehen. Peter meinte: »Das wird nicht einfach, und manchmal wünschst du dir, du hättest dich nicht darauf eingelassen, aber glaube mir, es ist ein tolles Gefühl, die Dankbarkeit in den Augen meines Onkels zu sehen! Ach ja, natürlich geht nach dem Ableben meines Onkels die Versicherung an dich, das lassen wir gleich festschreiben!«

Die Ausfahrten mit „Onkel Karl" – er legte Wert darauf, dass ich ihn auch so anredete – waren schon etwas ganz Besonderes. Je nach Wetterlage fuhren wir auch größere Strecken, in deren Verlauf besonders motorradgeeignete und landschaftlich wunderschöne Abschnitte versteckt waren, meist mit Bezug zu seiner früheren Rennfahrerlaufbahn und immer mit einem besonderen Gasthaus. In vielen war er jahrelang Stammgast gewesen und meist setzten sich alte Bekannte dazu.

Bei einer Kurzrast mit einem anständigen regionalen Essen erklärte er: »Jungs, wisst ihr was, ich habe mein ganzes Leben bedauert, dass ich keine Kinder und Enkel hatte. Frauen, die hatte ich genug, aber nie war die richtige dabei, die mir meine kleinen Freiheiten gelassen hätte. Den Rennfahrer wollten alle kennenlernen, um sich mit ihm zu zeigen, aber dann sprachen sie von Heirat, sesshaft werden, anständigem Beruf, kurzum, sie wollten mich für sich allein. Nun ja, keine Kinder zu haben, das ist für mich inzwischen kein Thema mehr. Denn wenn ich sehe, dass andere Altersheimbewohner kaum oder keinen Besuch bekommen und wie oft ich mit euch unterwegs bin, da kann ich nur sagen, ihr seid was Besseres als eigene Kinder.«

Peter räusperte sich kurz und kam dann mit einem Vorschlag heraus, der mich betraf und mir die Möglichkeit eröffnete, ohne schlechtes Gewissen zwei, drei Ausfahrten zu „schwänzen" und in dieser Zeit eine eigene Motorradtour zu planen. Er instruierte uns so nebenbei, dass sein Sohn Alex im Sommerurlaub am Haus werkeln wolle und sich freuen würde, an den Sonntagen mit ihm und Onkel Karl einige Touren zu fahren, da er keinen entsprechenden Führerschein hatte mit einem geliehenen Trike. Onkel Karl war begeistert und wandte sich an mich: »Du hast doch mal erzählt, dass du gerne eine Tour machen würdest über Berlin, Breslau, Dresden, Prag, Krems, Salzburg, München und zurück. Weißt du was, du kannst gerne die Beiwagenmaschine nehmen, wenn Alex mit einem Trike kommt, da wollte ich schon immer mal mitfahren …«

»Nee, lass mal, meine Frau lässt mich da allein fahren, die ordert höchstens eine Busreise nach Breslau mit Doppelzimmer, um mich dort zu treffen und das Dorf zu besuchen, in dem meine Mutter aufgewachsen ist.«

Peter grinste kurz und warf ein: »Auch wenn du mit Alex auf dem Trike unterwegs bist, ich muss mit dem Gespann dabei sein, denn an dem befindet sich die Halterung für deinen Rolli und die ganze Equipage für deine Versorgung unterwegs.«

Peter schob mir noch einen Zettel zu, auf dem der Zeitraum notiert war, zu dem sein Sohn sich angemeldet hatte, dann brachen wir zur Heimfahrt auf.

Erst zu Hause wurde mir klar, dass dieses Angebot an mich wohl von langer Hand vorbereitet gewesen war, hatte ich meiner Frau doch ständig in den Ohren gelegen, dass ich einmal den Geburtsort meiner Mutter besuchen wollte. Das alles auch, um ihr eventuell einige Bilder mitzubringen, je nachdem, wie es dort aussah und wie nett – oder weniger nett – die jetzigen Bewohner waren. Sie hatte mit Peters Frau Elvira schon Kataloge gewälzt und eine Fahrt gefunden, bei der der Bus am Mittwoch, dem 20. August 2013 in Breslau ankommen würde. Peter konnte so die ersten Tage mit dem Gespann mit nach Polen fahren. Wir würden mit unseren Frauen übernachten und den Donnerstag verbringen, dann sollten sich die Wege wieder trennen, die Damen fuhren mit dem Bus, Peter nach Hause und ich würde die Tour fortsetzen ...

Die Planungen liefen, Onkel Karl war mit Feuereifer dabei, ließ alte Beziehungen spielen, die Übernachtungen wurden gebucht, die Abreise rückte näher. Montagmorgen, so gegen neun, das typische Knattern kündigte Peters Ankunft an. Er fuhr mit Schwung auf den Hof und ich traute meinen Augen kaum, im Beiwagen saß fröhlich winkend Onkel Karl. Peter schaute ein wenig bedröppelt und murmelte: »Er hat uns alle verarscht, die Fahrt bis Breslau hatte er fein säuberlich für sich mitgebucht und mir dann gestern Abend, als ich ihn absetzte, sein Gepäck bringen lassen; ich habe drei Stunden gebastelt, bis ich alles gut genug untergebracht hatte – inklusive Rolli.«

So starteten wir dann in gewohnter Zusammensetzung und einer Menge Gepäck aus der hessischen Bergwinkelstadt Schlüchtern zunächst Richtung Thüringer Wald mit Rennsteig, um dann über Erfurt – wo wir je einen der legendären kniehohen Eisbecher genossen – nach Berlin weiterzufahren. Besonders angetan waren wir alle drei vom Potsdamer Platz, hatte doch jeder von uns in den Siebzigern dort mal auf der Aussichtsplattform gestanden und auf die Mini-Sandwüste vor der Mauer mitten in der Großstadt gestarrt.

Und jetzt – rundum das volle Leben! Weiter ging es, Onkel Karl dirigierte – und plötzlich standen wir vor dem Adlon.

»So, Jungs, das ist unsere Bleibe für heute Nacht, ich ziehe mich nach dem Abendessen zurück, ihr könnt machen, was ihr wollt. Peter, du solltest für alle Fälle das empfangsbereite Handy dabei haben.«

Peter und ich, wir verzichteten auf größere Aktivitäten und genossen noch zwei „Absacker" an der Lobby Lounge & Bar.

Nach einem reichhaltigen Frühstück starteten wir Richtung AVUS, um noch einmal die alte Rennstrecke zu passieren, auf der Onkel Karl manch Rennen gefahren war. Mein Neffe hatte hier Mitte der Achtziger mit einem von mir zurechtgebastelten Fahrrad beim Wettbewerb „Schrott wird flott – verrückte Räder" des ADAC in seiner Klasse – einspurig, einsitzig – den zweiten Platz errungen.

Die ausgearbeitete Route führte weiter abseits der Fernverkehrswege durch interessante Landschaften nach Breslau, sodass wir gegen Abend müde eintrafen – und natürlich wieder im besten Hotel der Stadt abstiegen.

Der Portier hatte uns mit sicherem Blick als Deutsche ausgemacht und begrüßte uns in breitestem schlesisch eingefärbtem Deutsch. Da er sich sofort rührend um „Onkel Karl" kümmerte, ihn auch gleich so nannte, ließ dieser ein üppiges Trinkgeld springen und fragte ihn, ob er Schalkau kenne. »Schalkau? Da bin ich geboren und wohne noch dort bei meiner Mutter. Podarski, Tomas Podarski, meine Mutter ist eine alte Schalkauerin. Wenn Sie hinwollen, ich kann morgen frei nehmen und wir fahren in der Früh los, ich bin mit dem Roller hier, der läuft auch gut hundert ...«

»Na prima, dann bis morgen früh ...«

Mir wurde erst einen Moment später klar, dass ich dies selbst gesagt hatte.

Es war fast zehn Uhr, als wir Schalkau erreichten und Tomas zuerst sein Haus ansteuerte, um seiner Mutter Be-

scheid zu sagen, wen er da im Schlepp hatte. »Mutter, hier ist jemand, dem seine Mutter kommt von hier.«
»Jesses, von hier, wie hat denn deine Mutter geheißen!«
»Mohnhaupt, Edith Mohnhaupt«
»Die Edith, mein Gott, ich bin mit Else in eine Klasse gegangen, leben die noch?«
»Die beiden ja, nur die ältere Schwester ist schon gestorben ...«
Sie deutete nach schräg gegenüber: »Dort haben sie gewohnt, wir können mal hingehen.«

Wir besuchten das Elternhaus meiner Mutter, lernten die Bewohner kennen, ich erstellte fleißig „Kurzvideos", auch eine Botschaft von „Anna, Korbmachers Anna" und vor lauter Herzlichkeit der Umstehenden hätten wir beinahe die Rückfahrt verpasst. Wir mussten uns beeilen, um früh genug am Bus einzutreffen. Vor dem Abendessen hatten sich unsere Frauen von der Truppe abgeseilt. Wir saßen in einem Lokal, das uns Tomas empfohlen hatte, da es dort alte schlesische Spezialitäten gab und die Wirtsleute deutsch sprachen. Wir ließen uns Braten mit Kartoffelklößen schmecken, die Klöße genau so, wie ich sie von Oma kannte, zur Rolle geformt und dann schräg geschnitten. Als ich zum Schluss meinte: »Da gab es zum Abschluss einen Schnaps, den Opa Koks nannte«, lächelte der Wirt und brachte sieben Schnapsgläser und eine Flasche hochprozentigen Korn, seine Frau kam mit einem Tellerchen, auf dem einige Würfelzucker und Kaffeebohnen lagen. Augenzwinkernd murmelte der Wirt: »Jetzt zeigen wir denen erst mal, wie das geht.«
Er schüttete zwei Gläser voll, wir nahmen uns je ein Stück Zucker und eine Kaffeebohne, beides wurde zusammen zerkaut und mit dem Schnaps heruntergespült. Es blieb nicht bei einer Runde – und bezahlen mussten wir nur das Essen und die anderen Getränke, denn die Wirtsleute erklärten: »Das mit dem Koksen, das macht man nur unter Freunden – und unter Freunden muss man nicht dafür zahlen!«

Am nächsten Tag klinkten wir uns bei der Stadtrundfahrt mit ein, es hatten sich – wie wir am Vortag – von den Fahrtteilnehmern einige für diesen Tag Besuche vorgenommen. Es folgte noch ein Abend bei unseren Freunden, aber mit nur einer Runde „Koks", obwohl wir immer wieder genötigt wurden, aber am Folgetag sollte es mit klarem Kopf weitergehen.

Nach einem gemeinsamen Frühstück trennten sich dann die Wege. Peter und Karl starteten als Erste, dann bestiegen die Damen ihren Bus und ich fuhr los, mein nächstes Ziel war Dresden.

Ich war noch weitere fünf Tage unterwegs, ließ mich von Prag beeindrucken, machte in Krems bei der langjährigen Brieffreundin meiner Frau kurz Rast, um ein Paket mit diversen Sachen abzugeben, eines in Empfang zu nehmen und – natürlich – einige Flaschen Marillenschnaps zu kaufen. Wo ich auch übernachtete, in den Gaststätten kam ich immer sehr schnell mit Ortsansässigen ins Gespräch, in der Regel über das Motorrad, entweder hatten sie oder ein naher Verwandter selbst ein solches oder ähnliches gehabt, oder sie fuhren aktuell eines der moderneren, waren aber von der alten Maschine begeistert.

Nun rückte das Ende der Fahrt näher und ich war ehrlich gesagt froh, wieder nach Hause zu kommen. Große Freiheit hin, große Freiheit her, ich sehnte mich zurück in meinen gewohnten Trott, zu Leuten, die ich kannte, liebte und – das stellte ich immer deutlicher fest – auch brauchte.

Die Reise war in jeder Hinsicht ein Riesenerfolg: Mein Traum hatte sich erfüllt, aber ich freute mich auch, wieder da zu sein, wo ich hingehörte. Und ich sehnte den nächsten Sonntag herbei, um die Mutter zu besuchen und ihr von allem zu erzählen.

Autorenvitae

Manu Wirtz (Hrsg.)

Manu Wirtz ist Jahrgang 1959 und gebürtige Solingerin. Nach einer Lehre absolvierte sie an der Bergischen Universität Wuppertal ein Studium zur Kommunikationsdesignerin.

Seit Jahren arbeitet sie als freiberufliche Grafikdesignerin für Buchverlage und in der Werbung. Daneben ist sie Autorin von Katzenkrimis, Kurzgeschichten und Sachbüchern.

Manu Wirtz lebt in der Eifel mit ihrem Ehemann und der Katze Jule. Sie schreibt nach dem Motto: Was macht eine ganz normale Hauskatze außer jagen, spielen und fressen? Wenn sie in der Eifel lebt, geht sie auf Mörderjagd! Mehr Infos unter *www.katzenkrimi.com*.

Neuerscheinung Herbst 2014:

Die Löffel-Liste, BoD, 2014
Murilega, Ammianus Verlag, ISBN 9783945025048, 2014
60 plus Hund, Oertel & Spörer, ISBN 9783886278619, 2014
Reha bis der Arzt kommt, ISBN 9783732292530, BoD
Schrödinger's Katze, 2013, Ebook, Amazon KDP
Katzenfeuer, BoD, 2012, ISBN: 978-3848222421
Krimis mit Fell und Schnauze, BoD, ISBN 9783842370500
Todes-Wind, BoD, ISBN: 9783839153079
Manuela Eckenbach-Arndt und Daniela Neika **Erste Hilfe am Hund**, Cadmos Verlag, ISBN: 9783861277170

Ursula Dittmer

Ursula Dittmer (Jahrgang 1953) ist verheiratet und lebt bei Würzburg. Sie schreibt seit ihrer Schulzeit Geschichten und Gedichte.

Ihr bevorzugtes Genre ist seit einigen Jahren die Phantastik. Der fünfteilige Fasanthiola-Zyklus ist ihre erste Romanveröffentlichung. Mit Kurzgeschichten ist sie an mehreren Anthologien beteiligt. Weitere Projekte sind in Planung unter anderem »Geschichten aus Fasanthiola«.

Weitere Informationen und Leseproben unter:
http://www.fasanthiola.de (hier kann man auch ihre Bücher erwerben), *https://www.facebook.com/ursula.dittmer*, Kontakt: *fasanthiola@gmx.de*

- **Keine Zeit für Drachen – Fasanthiola 1**
- **Die Felsenstadt Semal Rethis – Fasanthiola 2**
- **Dem Ruf der Drachen folgen! – Fasanthiola 3**
- **Aliceas Lied – Fasanthiola 4**
- **Die Cyriakusglocke – Fasanthiola 5**

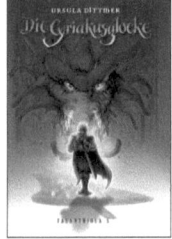

Sinje Blumenstein

Jahrgang 1976. Gebürtige Thüringerin. Lebt und arbeitet als freiberufliche Übersetzerin und Lektorin im Südharz. Spätestens seit der ersten Deutschstunde ausgemachte Leseratte, entdeckte die Autorin im Teenageralter schließlich das Schreiben als Ausdrucksmöglichkeit. Gedichte und Kurzgeschichten füllten Schreibblöcke und Schublade, bevor 2009 ihre erste Paranormal Romance „Blutsuche: Annes Reise" in Eigenregie erschien. Mehrere Anthologiebeiträge folgten. Mit „Mittendrin: Der Laubkönig erzählt" betreute Sinje Blumenstein als Herausgeberin ihre erste eigene Anthologie. Derzeit arbeitet sie mit Autorenkollegen an einer weiteren Kurzgeschichtensammlung, die Ende 2014 erscheinen soll. Zentrales Thema ist erneut die Natur, in der die Herausgeberin unermüdlich Inspiration nicht nur zu Texten, sondern auch Fotografien und Zeichnungen findet.

Veröffentlichungen (Auswahl):
- „**Blutsuche: Annes Reise**", Paranormal Romance, BoD, 2009
- „**(Nimmer)Wiedersehen**", Kurzgeschichte in „**Dark Vampire**", Geisterspiegel.de, Romantruhe, 2010
- „**Irrruf**", Kurzgeschichte in „**Mystische Helden, Wald ohne Wiederkehr**", Wunderwaldverlag, 2010
- „**Fruchtmond**", Kurzgeschichte in „**Avatare, Roboter & andere Stellvertreter**", Hrsg. Susanne O'Connell, Wendepunkt-Verlag, 2010
- „**Seesüchtig**", Kurzgeschichte in „**Feuertraum, kühle Lippen: Fantastische Liebesgeschichte**n", Sphera-Verlag, 2011
- „**Mittendrin: Der Laubkönig erzählt**", Anthologie, Hrsg. Sinje Blumenstein, mit der Kurzgeschichte „**Waldkinder**", Papierfresserchens MTM-Verlag, ToMa-Edition, 2012

Maryanne Becker

geboren und aufgewachsen in Ostbelgien, ist Soziologin (M.A.), Audiotherapeutin, Autorin und lebt seit vielen Jahren am grünen Stadtrand von Berlin. Bisher veröffentlichte sie drei Romane über Schicksale im deutsch-belgischen Grenzraum, Kurzgeschichten und Gedichte sowie Sachbücher und Ratgeber zum Thema Hörschädigung. Schreiben, lesen, fotografieren und Sport füllen ihre Tage aus. *www.maryanne-becker.de*

Grenzlandfrau **Fräulein Engel** **Die Flickschneiderin**
Alle drei Romane erschienen im Grenzecho-Verlag Eupen/Belgien; „Grenzlandfrau" ist nur noch als ebook verfügbar.
- Schweinerei an der Havelchaussee. In: **Krimis mit Fell und Schnauze,** Hrsg. Manu Wirtz
- Das Kraft-Erbe. In: **Jede Menge Erben**, Hrsg. Bod Autorenpool
- **Wie eine Feder im Wind**, Gedichte – Geschichten-Gedankenbilder (nur direkt über die Autorin beziehbar)
- **Klänge aus dem Schneckenhaus**. Cochlea-Implantat-Träger erzählen
- **Der schwerhörige Patient**. Ein Leitfaden für Arztpraxis, Klinik und Pflege

Gerrit Fischer

Seine Romane wecken das Fernweh: „Sommerurlaub für die Seele", „fesselnd bis zur letzten Seite", „unbeschreiblich schöne Lesereise", „traumhafter Reiseroman", urteilten die Leser. In seinen Büchern geht es um die Freiheit des Reisens, die Kraft und Magie des Meeres und den nicht immer einfachen Weg, sein Glück und seinen Platz im Leben zu finden.

Der „**Adria-Express**" beschreibt die Flucht eines jungen Mannes aus dem Alltag, mit dem er nicht mehr zurecht kommt. Er strandet am Münchner Hauptbahnhof und schließt sich einer Gruppe junger Menschen an, die den Süden Europas mit dem Zug erkunden. Er entdeckt eine für ihn völlig neue Welt und merkt langsam, was ihm wirklich wichtig ist im Leben. Der „**Coccobello**" ist ein alter VW-Bus, mit dem Tim gemeinsam mit seiner Freundin die Toskana bereist. Ein abenteuerlicher Trip durch eine herrliche Landschaft mit aufregenden Erlebnissen und erstaunlichen Begegnungen beginnt.

Der Bad Nauheimer Autor, Jahrgang 1974, steuerte für die Anthologie „Jede Menge Erben" die Kurzgeschichte „**Die MeErkenntnis**" bei. Für dieses Buch beschrieb er unter dem Titel „**Meerwert**" nun die gleiche Geschichte aus einer anderen Sichtweise.

Informationen zum Autor und seinen Büchern finden Sie unter *www.gerritfischer.de*.

Marlene Geselle

liebt neben der Landschaftsfotografie das Schreiben von historischen Romanen und Kurzkrimis. Spielen bei Ersteren die Menschen in ihrer Zeit und ihre vielfältigen Schicksale die Hauptrolle, glänzt sie bei Letzteren durch scharfe Augen und gelungene Protagonisten, die so überzeichnet sind, dass sie uns fast schon wieder real vorkommen.

In ihrem Debütroman geht es an die obere Donau und in jene Alemannensiedlung, aus der das heutige Sigmaringen hervorgegangen ist. Im Winter des Jahres 451 n Chr gibt es nur ein Thema: Attilas Heer auf dem Durchmarsch nach Gallien.
Hunnen in Sigmaringen, ISBN-13: 978-3839111345
Verlag: BoD, Norderstedt, August 2009

In ihrem zweiten Buch entführt sie ihre Leser ins Jahr 1206 und an den Niederrhein, wo die Kaiserschlacht von Wassenberg die endgültige Entscheidung brachte, welches Adelsgeschlecht künftig über das Reich herrschen sollte.
Die Geheimschreiberin – Verrat an der Rur
ISBN-10: 9-783839-150399
Verlag: BoD, Norderstedt, Juli 2010

Kommissar Federstein, Sammelsband 1
ASIN: B00CRM2QJC, vss-verlag, Format: Kindle-Edition
Neun Schüttraummeter, Falscher Hase, Zwei Leichen zum Schmaus
Kommissar Federstein, Sammelband 2
ASIN: B00H1NWV20, vss verlag, Format: Kindle Edition
Weihnachtssterne, tot oder lebendig, Ein guter Wein und ein wärmendes Feuer, Burgen belagern für Anfänger

Bernd Lange

Was andere über ihn erzählen?
*Vor seiner Schreibmaschine
    sitzt er, lebt er.
Freut sich über geglückte Worte,
    verflucht misslungene.
Wenn der Mond mit seinen Schatten
Sujets camoufliert, ist er glücklich.
Und wenn die Sonne wieder
mit ihrer Evidenz prahlt,
geht das Leben weiter.*

Sein Start ins Leben	1949 in Berlin
Seine Jugend	in Köln
Seine Destinationen	Stuttgart, Freiburg und Stuttgart
Sein Beruf	Texter, Redakteur, Dozent
Seine Berufung	Buchstabenwürfler, Wortjongleur

Paradiesundjenes, E-Book
2014, ISBN 9783847675044
www.paradiesundjenes.de

Südseiten, BoD
2014, ISBN 9783735739124
*www.schreiberei-b-lange.de/
schrift-stelle/*

Herr LjÐmann

»Es gibt kein Licht ohne Schatten und keinen Schatten ohne Licht.« (Aus: Terranigma, SNES). Das ist das Lieblingszitat einer aufgeweckten Autorin aus Berlin, die mit „**Sturmtänzer**" ihre erste Veröffentlichung realisieren durfte. Vor kurzem hat sie ihr Gamedesign Studium als zweimalige Jahrgangsbeste abgeschlossen und arbeitet derzeit als Medienmanagerin und -gestalterin.

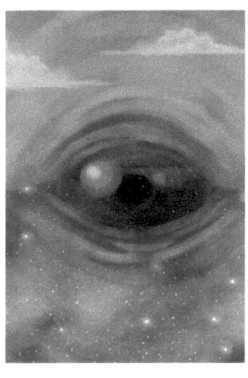

Innerhalb des Studiums durfte sie oft die Grafiken, Welten und Storys für digitale (vor allem narrative) Spiele entwickeln. Dies erwies sich stets als große Herausforderung, da digitale Spiele Unmengen an interaktiven Möglichkeiten für den Rezipienten bieten: althergebrachte dramaturgische Konzepte funktionieren hier oftmals nicht mehr. Eine Thematik, von der die Autorin mit vollster Leidenschaft fasziniert ist.

Der nächste Schritt auf ihrem Weg zu Ruhm, Macht und Reichtum soll nun die eifrige Fortarbeit an ihrem Traum sein: eine originelle und witzige Schriftstellerin zu werden. Zukünftige Projekte Herr LjÐmanns sind daher die Teilnahme an der ersten Maya Punk Anthologie der Welt und die Fortführung ihrer Arbeit an ihrem ersten Roman in gefühlter unendlichster Fassung.

In der Gamesbranche war es üblich, Kurzvorstellungen mit den Lieblingsspielen abzuschließen, worin man den Charakter der Person zu deuten hoffte:

Baldurs Gate, Mass Effect, Dragon Age, Diablo, Command and Conquer Generals, Sim City

Anke Höhl-Kayser

Anke Höhl-Kayser wurde 1962 in Wuppertal geboren, wo sie mit ihrem Mann, ihren beiden Kindern und dem Familienhund Moritz lebt.

Sie studierte Literaturwissenschaften in vier Fächern und machte ihren Abschluss als Magister Artium an der Ruhr-Universität Bochum.

Seit 2009 ist sie als Autorin, Lektorin und Organisatorin der Lit!Punkt. Wuppertal-Lesungen tätig.

Sie schreibt Fantasy für alle Altersstufen, Kurzgeschichten und Lyrik. Zahlreiche Kurzgeschichten und Gedichte sind in Anthologien erschienen und in bundesweiten Literaturwettbewerben mit Preisen gewürdigt worden.

Mehr Informationen unter *www.hoehl-kayser.de*

Eigenständige Veröffentlichungen:

- **Die Schatten von Sev-Janar** (Hunde-Fantasyroman diesseits und jenseits der Regenbogenbrücke, 2014)

- **Irgendwas mit Wuppertal** (Heitere Wuppertal-Hommage, zusammen mit Torsten Buchheit und Annette Hillringhaus, 2013)

- **Ronar-Trilogie: Ronar** (2009), **Ronar – Zwei Welt**en (2010), **Ronar – Drei Ähren** (2012)

- **Stille wird hörbar wie ein Flüstern** (Gedichte mit Bildern von Noëlle-Magali Wörheide, 2009)

Pamela Menzel

Pamela Menzel debütierte mit ihrem humorvollem Roman „**Gehe ich auf meine Beerdigung?**" dem sie den Mystery-Thriller „**Das Haus in der Normandie**" und den Spukroman „**Somerset Hall**" folgen ließ. „**Finja hat keine Angst vorm Fliegen – oder warum Flugzeuge nicht vom Himmel fallen**" ist ihr erstes veröffentlichtes Kinderbuch. Zudem publizierte sie die Bildbände "**Der Kölner Melatenfriedhof in Bildern**" sowie „**Omaha Beach – eine Reise in die Gegenwart der Vergangenheit**". Daran angeschlossen fertigte Sie die beiden Trostbücher „**Ein stiller Gruß zum Abschied – Trost**" und „**Ein stiller Gruß zum Abschied – Zuversicht**", in denen sie emotional berührende und gefühlvolle Bilder mit warmherzigen Trauerzitaten kombiniert hat. Außerdem sind einige ihrer Kurzgeschichten in verschiedenen Anthologien erschienen. Neben der Schreiberei widmet sie sich intensiv der Fotografie und Bildbearbeitung. Des Weiteren entwirft sie unter anderem Buchcover, Logos, individuelle und außergewöhnliche Grußkarten und andere kreative Dinge im Bereich Grafikdesign.

Weitere Infos unter *www.pamela-menzel.de* und *www.die-collagen-macher.de*

Carsten Koch

Geboren 1959 in Hannover, seit 2013 in Wuppertal lebend, „mit Freude", wie er bei jeder sich bietenden Gelegenheit erwähnt. Er ist Autor seit 1999 und begann mit dem Schreiben von Märchen und Metaphern zu therapeutischen Zwecken. Als angestellter Berater und Vermittler in schwierigen Lebenslagen verdient Koch im Hauptberuf seinen Lebensunterhalt.

Das Schreiben seiner Kurzgeschichten mit oft verblüffendem Ende ist oft genug Ventil für die erlebten Ungerechtigkeiten des Alltags. Eskalationen, von vielen Menschen als Gedankenspiel gedacht, werden in seinen Geschichten ausgelebt. Allerdings zur großen Freude seiner Zuhörer, wenn in Lesungen mal wieder die Stimme das Instrument für Gänsehaut wird.

Als Veranstalter entzückender und atemraubender Gemeinschaftslesungen und anderen künstlerischen Projekten als soziale Angebote, macht er sich für einen der benachteiligten Stadtteile Wuppertals stark.

Das letzte Werk mit mehr als siebzig Kurzgeschichten mit dem Titel „**Heute darf ich auch mal fahren**" finden geneigte Leser unter der ISBN 978-1495964107 im guten Buchhandel und im Internet.

Sylvia Hubele

Du bist neugierig? Ich auch...

Meine Neugierde treibt mich an, die Lust, meine Nase in Dinge zu stecken, die mich vielleicht nicht immer etwas angehen, die ich aber trotzdem interessant finde. Dazu gehört, dass mich interessiert, was andere Menschen antreibt, warum sie manche Dinge tun und andere lassen. Warum sie auf eine bestimmte Art und Weise reden und handeln. In der Grundschule dachte ich noch, dass die großen Schüler es einfacher haben, es schien, als kämen sie ohne Zankerei und andere fiese Gemeinheiten miteinander aus. Doch das war ein Irrtum. Selbst erwachsene Menschen sind zickig, zänkisch und manipulieren andere Menschen emotional.

Die Lust zu schreiben: Es war ebenfalls noch in der Grundschule, als ich begann, mein erstes Buch, ein Sachbuch über den Wald, zu schreiben: Zwar habe ich bisher immer noch kein Buch fertig, aber dafür viele andere Texte, für Zeitungen, in meinem Blog www.jaellekatz.de, auf www.schreibreisen.com und anderswo. Am liebsten schreibe ich diese kleinen Miniaturen in der Lokalzeitung über Ehepaare, die seit 50, 60 oder 65 Jahren miteinander verheiratet ist. Es ist so spannend zu erleben, wie unterschiedlich und vielfältig solche Leben miteinander gelingen können.

Ich zog der Liebe wegen nach Oberfranken, lebe hier mit Lieblingsmann und Lieblingshausziege zwischen Bam- und Nürnberg, direkt am Eingang zur fränkischen Schweiz.

Harald Herrmann

Harald Herrmann, »Baujahr« 1948 - lange Jahre als (Um-)Texter von Liedern und Verfasser von Büttenreden tätig – fand erst mit 60 Jahren zum Gedichteschreiben. Als bekennender Heinz-Erhardt-Fan bevorzugt er kurze Gedichte mit einem Teilweise bissigen Humor ...

Auf dem Weg zu einem eigenen Buch – einer recht humorvollen Aufarbeitung seiner Kinder- und Jugendzeit – hat er einige Kurzgeschichten verfasst, und präsentiert hier die zweite veröffentlichte. Eine weitere steht in Band eins der Kurzgeschichtensammlung »**... ohne Mord und Totschlag**«, die den Titel trägt »UN-PATHO-LOGISCHES«, für beide Bände, auch für »UN(D)-PATHO-LOGISCHES«, ist er Initiator und Herausgeber.

Das erste Buch mit Beteiligung des Autors trägt den Titel »**Hundert haarige Limericks**«, neun davon entstammen seiner Feder. Der eigene Gedichtband »**Harald Herrmann, meine ... und andere Gedichte**« erschien 2009, die erweiterte Neufassung ist in Arbeit. In fünf weiteren Büchern sind Beiträge von ihm zu finden, besonders stolz ist er, dass man auf ihn zukam, um für das Büchlein »**24 kurze Albträume**« eines seiner Gedichte als »Einstieg« verwenden zu dürfen ...